D+

dear+ novel

yes ka no ka hanbun ka ・・・・・・・・・・・・・・・・・・

イエスかノーか半分か

一穂ミチ

新書館ディアプラス文庫

イエスかノーか半分か

contents

illustration:竹美家らら

イエスかノーか半分か

Yes ka No ka
Hanbun ka

視聴率、1％で約40万8000人。世帯で言うと約18万。平均視聴率12％前後の番組なら、単純計算で大体490万人。しかもこれは関東圏だけの話。全国ネットだからもっと、とにかく超満員の東京ドームをずらずら並べなきゃいけないぐらいの大勢の人間が、今、国江田計《くにえだけい》の笑顔を見ているわけだ。実際の視聴率はそう単純なものでもないが、思うだけなら勝手だろう。

「きょうの『イブニングファイル』、ここでお別れです。またあした」

いつもの締め文句と共に、2カメに向かって頷きと会釈《えしゃく》の中間の仕草、これでおよそ二時間の番組は終了する。

「お疲れ様でしたーあ！」

スタジオじゅうから一斉に声が掛かっても計は笑顔を崩《くず》さない。ADのひとりが駆け寄ってくる。

「国江田さん、すいませんでした！　後半のフラッシュニュース、原稿一枚足りなくて……」

深々と下げられた頭に、慌ててフォローを入れた。

「大丈夫だよ、オンエア上は不体裁《ふていさい》なかったし。ちょっとびっくりしたけど、声上ずってなかった?」

「全然、いつも通りでした!」

「そう」

「え、原稿なかったんすか?」

とフロアディレクターが今ごろ顔色を変える。

「はい、あの、下読みされた後、メイク直してもらうからその間にスタジオに用意しておくように頼まれたんです。でも、走ってる間に一枚落っこちちゃってて、ニュース入る直前で気づきました……」

「確認しろよ、バカ!」

「すいませんっ」

「ほんとに、何ともなかったから」

計は微笑を苦笑に変えてとりなしてやる。

「今度から気をつけてくれれば」

「国江田くん、原稿ない状態でどうやって読んでたの?」

「下読みの時に覚えていたので」

「うっそ! 天才じゃない?」

「大げさですよ。原稿一枚ぶんの量なんか知れてるじゃないですか」

読みやすいよう、文字は2センチほどの大きさで行間もかなり取ってあるから、一枚あたり一〇〇文字もないだろう。

「いやーでも、ニュース四本立て続けに読んでんのにまじすごいわ」

「たまたまですよ」

控《ひか》え目《め》に謙遜《けんそん》しながら計は思っている。

うっぜ、この愚民《ぐみん》どもが。

原稿に抜けがある状態で持ってくるのは問題外として、直前で探す動作してただろーが。何かあったのかな？　ってすぐ気づけよフロアもよ。バカとか怒ってるおめーもバカなんだっつの。きょうも巻き出すのはえーわカメアシどんくせーわＡＤは見づらい位置でプロンプ出してるわ、愚民だらけかこのスタジオは。

心の声は一言も外に洩らさない。どんな密閉容器より高性能な笑顔の中にぴっちり収納して「お疲れさまでした」とあくまで柔和《にゅうわ》に、計はスタジオを後にする――と、後ろからディレクターが追いかけてきた。

「国江田ー」

ちっ、何だようっせーな。

「はい、何でしょう」

愛想《あいそ》よく振り返るとホッチキスで右上を綴《と》じられた紙を手渡される。

「これ、あしたのロケ台本と資料。遅くなってごめんな」

ほんとだよ。つーか毎回ギリギリか当日渡しじゃねーか。忙しいのはおめーだけじゃねーんだよ愚民。

「アニメーション作家の方でしたよね」

「そそ。『ザ・ニュース』の新しいオープニング作る……何でそれを、うちで取材しなきゃなんないんだよって感じだけど」

「リニューアルで力入れてますもんね」

「予算の半分でいいから夕方にも分けてほしいよなー……あ、それでな、あしたは十時にここ出て、二時戻りの予定。オンエアは間に合うよな？」

「はい」

「ロケハン何度か行ったけど、飾らなくてすげーいい人だったから」

「ああ、よかったです」

自分を基準にするなら、そんな評価は一切信用できない。

「ま、国江田なら誰とだってうまくやれるけどな」

嫌いなやつとうざいやつと眼中に入らないやつばっかりだけどな。

「じゃ、お疲れ。あしたよろしく」

「はい、よろしくお願いします」

アナウンス部に戻る途中、立ち止まって廊下に貼ってある番宣のポスターを眺めた。何の変《へん》哲《てつ》もないバストショットの男と、「Ｔｈｅ　Ｎｅｗｓ」のロゴ。「麻生圭一《あそうけいいち》が、夜のニュースをリニューアルします」という惹句《じゃっく》。シンプルな作りが却《かえ》って自信を感じさせる。隣には夕方ニュース枠《わく》「イブニングファイル」のポスターが並んでいて、「ザ・ニュース」の重厚感《じゅうこうかん》あるデザインとは打って変わってさわやかなイメージだった。「お茶の間に話題と情報を」というコンセプトに沿うとこうなるのだろう、多くの出演者の写真に混じって計もいる。春の改編《かいへん》に合わせて年明け、新しく撮影したものだった。寸分の乱れもない完ぺきな笑顔。

よしよし、女も含め、こん中で俺がいちばん写りがいい。

「なーに見てんの」

二年先輩の女子アナが目敏《めざと》く寄ってきた。

「あ、お疲れさまです」

邪魔すんなよ、軽いいら立ちを如才《じょさい》なく押し殺して「ポスター、できたんだなと思って」と答えた。

「あー、よく撮れてるねえ国江田くん、さっすが王子」

そーゆーあんたは朝ニュース降板《こうばん》決まっちゃって、合コン三昧《ざんまい》のお仕置きだってうわさじゃないですか。三十路《みそじ》にリーチかかってんのに大丈夫っすか、そんなんで。

「自分なんか見たって仕方がないですよ……麻生さんの方を見てました。かっこいいなって」

大先輩に憧《あこが》れる俺、を演出するため軽くはにかんでみせる。

「あー、駅構内とか電車の中吊りにもばんばん使ってくらしーよ」

「ほんとに肝煎《きもい》りって感じですね」

「起死回生《きしかいせい》のリニューアルだからね。数字も最近は13切るとこまできてるし」

だから、長年MCを務めてきた大御所の文化人タレントとかわいいだけがとりえのアシスタントを切り、局アナの一枚看板を押し出すことで経費削減《さくげん》とイメージチェンジの両方を図《はか》る、というのが上層部の狙《ねら》いらしかった。わざわざ夕方の番組でまで宣伝させて、効果のほどがいかばかりかは計の知るところではない。

「でも国江田くんならこういうポジションも夢じゃないかもよー」

「そんな、とんでもないです」

これは本音。ここまで大々的にプッシュされると自分ならかったるくてたまらないだろう。タレントと違ってテレビに出ていようがアナ部で干されて携帯弄《いじ》っていようが「出社」している限りはお給料を頂けるありがたーい局アナの身分、とはいえプライドと虚栄心《きょえいしん》の問題である程度の露出《ろしゅつ》はしていたい——そういう意味で今の、夕方ニュースのアナウンサー兼サブMCというポジションは気に入っていた。若手とは思えない安定した読みの技術、恵まれた容姿、だけどVTRではそれなりに三枚目もこなせてそのギャップがまたいいし、何よりまじめで人当たりのいいよくできた王子様——という対外的評価を、これからも守っていくつもりだ。

「ねぇ、国江田くん」

声のトーンがすこしねちっこくおもねるようになった。

「はい？」

警戒しつつ応じる。

「あのね、今度、私の友達とか交じえて飲み会するんだけど、よかったらどう？　国江田くんにすっごい会いたいって言ってる子がいて――」

大方そんな用事だろうとは思っていたが、率直《そっちょく》にうっとうしい。旬《しゅん》を過ぎた女子アナが上り坂真っ最中の後輩に唾《つば》つけようなんて図々《ずうずう》しくね？

「すみません」

何十と用意された外向けの仮面から、困惑と申し訳なさをチョイスし、ミックス。

「実は僕、地元の静岡に……」

「あ、何だ、彼女いるの」

「そういうんじゃないんですけど……」

ほんのり照れてやる。別にうそはついていない。向こうが勝手に補完《ほかん》してくれただけだ。

「何だ、じゃあしょうがないね」

「はい……あっ、誰にも言わないで下さいよ？　他の人には秘密なんですから！」

「えー、どうしよっかな」

「もう、ほんとに駄目ですよ！」

「はいはい。じゃあまた今度、普通の飲み会しよーね」

へっ、バーカ。「ふたりだけの秘密」を匂わせることで、彼女が計に抱《いだ》いたであろうかすかな落胆と、「つまんない男」という反発を優越感で上書きしてやった。秘密をしゃべりはしないが、きっとちらつかせてほかの女をけん制してくれるだろう。ああ、国江田くん？　彼はねー……え、私もよく知ってるわけじゃないから、本人に口止めされてるし、ごめんね？——という具合に。

ちょろいな、どいつもこいつもちょろすぎる。


八時ごろ、局を出た。ガードマンにもにこやかな「お疲れさまです」を欠かさない。イメージ戦略には草の根活動が重要だ。そして家に帰り、玄関の鍵をかけた瞬間からようやく計のプライベートが始まる。

「はーっ……」

表ではまずしない、深いため息で疲労を吐き出す。顔をざぶざぶ洗って鏡の中の自分と向き合えば、偽《いつわ》りの笑顔は消えてもう一ミリたりとも表情筋を動かす気のない仏頂面《ぶっちょうづら》だ。セットされた髪をぐしゃぐしゃにかき回し、ネクタイをゆるめる。服はソファの背にまとめて投げ出すと、愛用の部屋着——その昔母親がスーパーの二階で買ってきたジャージの上下——に着替えた。肘《ひじ》のあたりのすり切れ具合などかなり危険な域だが、上からコートを羽織《はお》るので問題なし。そのコートも、普段外出用に使うアクアスキュータムじゃなくて、毛玉の浮きまくったノーブランドの安いダッフル。これは通販で買った。

インスタント食品とか愛蔵版の漫画とか、「アナウンサー国江田計」にとって都合の悪いものは全部ネットで手に入れる。黒ぶちのごついだて眼鏡をかけ、鼻から下をすっぽり覆《おお》うマスクをつける（これは喉《のど》の保護にも重要）。くたびれた合皮《ごうひ》の小銭入れをポケットに突っ込み、うす汚れたスニーカーを履《は》いて外に出ればもう誰も計に見向きもしない。ほっとする。ワンマイルウェア？　いいえ、必要とあらば新宿でも渋谷でも六本木でもこのいでたちで。「あっ、テレビ出てる人だ」よりは「ださい無名人」の方がどれだけ気楽か。

変装のまま、三十分ばかり夜の散歩を楽しむのが計の日課だった。誰に声をかけられるおそれも、ツイッターで目撃情報を拡散《かくさん》されるおそれもない。「きのう、○○歩いてましたよね。声掛けようと思ったけど緊張しちゃって無理でした！」なんてご意見を、番組のメールフォームから送られる煩《わずら》わしさったらない。

アナウンサーとはおかしな職業だ。テレビに出て、半《なか》ば芸能人扱《あつか》いをされる時もあれどあくまで身分はサラリーマン。顔を売らなくてもギャラはもらえるが、どれほど有名になって人気が出ても規定の昇給カーブから跳ね上がることもない（それがいやでフリーになる人間も少なからずいるが）。

何よりタレントと違うのはいざという時かばってくれる付き人やマネージャーがおらず、「悪人枠」「横柄枠《おうへい》」みたいなキャラの割り当てがないことだ。犯罪は問題外として、ちょっとでも公序良俗《こうじょりょうぞく》からはみ出してしまえば人生終わり――とまではいかなくてもテレビに出る限りついて回る。自分からネタにして笑いを取る、なんていうのはよほどのベテランじゃないと許されない。まあこっちはしたり顔でニュース読むのが基本的なお仕事だ、「お前に言われたくない」と視聴者から反感を買うような行為は厳《げん》に慎《つつし》まなければならない、っていうのは分かる。

でも計は、コンビニで下世話《げせわ》な週刊誌を立ち読みしたいしデパ地下で総菜《そうざい》を百gだけ欲しいしタクシーの運転手にでかい態度を取られたら舌打ちのひとつも返したい。それらをちゅうちょさせる「アナウンサー」という仮面をずっとつけていたら窒息《ちっそく》しそうだ。

だからこの、不審者すれすれの格好《かっこう》で過ごすわずかな時間がかけがえない休息だった。一月下旬の風がつめたくても全然気にならない。コースの最後には大抵、行きつけの大衆居酒屋に立ち寄る。いくつかのメニューをテイクアウトさせてくれるからだ。計がいちばん好きなのは牛丼（温玉《おんたま》つき）で、プラスチック容器に入ったほこほこのそれをぶら下げ、更にコンビニで缶ビールを調達して帰る足取りは軽い。ソファにどっかりあぐらをかいて蓋《ふた》を開けると幸福な湯気がむっと顔の周りに立ち込め、玉子の白身がふるふる揺れている。

「あーよだれ出るー……」と独り言も洩れようというものだ。その声すら、人前で出すのとはまるで違う。何度も録音し、人が聞いて心地よい声、というのを自分なりに研究して、外ではそれで通している。

レースみたいなぷるぷるの脂身《あぶらみ》をまとったうす切りの牛肉、茶色いたれのしみ込んだしらたき、くたくたの玉ねぎと隠し味にはにんにくをきかせてみじん切りにした鶏《とり》レバー。玉子を崩して親の敵《かたき》みたいにがしがし混ぜ、具とご飯の割合に細心《さいしん》の注意を払いつつ箸《はし》ですくい、一口。

「うまー……」

週三、四回というヘビーローテーションで飽きないこのふしぎ。かっ込む合間にビールを飲み、アクセントにごまを振りかけ、至福のディナーを堪能《たんのう》する。ちなみに社員食堂ではいつも「十六穀米《じゅうろっこくまい》のヘルシープレート」あたりのしゃらくさいものをチョイスしている。タルタルたっぷりのチキン南蛮《なんばん》定食にどれだけ心惹かれようと、自《みずか》ら創《つく》り上げた「国江田計」のイメージにそぐわないものは徹底的に排除《はいじょ》する。だからこそ家メシが天国に思えるのだ。

「ふー……」

満足の吐息をこぼすと空《から》になった缶と容器を片づけ、コーヒーを淹《い》れる。インスタントで十分だ。洗い物も面倒だから紙コップで。設定としての「好きな豆」はありますけれど。好きな茶葉、好きなシャンプー、好きなインテリアのメーカー。別にでたらめじゃないが、すべては小道具だ。「こういうのが好きなんですよ」という自己プロデュースのための。一般人（テレビに出ない、という意味での）だって大なり小なりやってることだと思う。

コーヒーをすすりながらテレビのリモコンを手に取る、と、携帯が鳴った。二台あるうちの、家族にしか教えていない純プライベート用。

「もしもし？」

『計？　ちゃんと食べてる？　もらい物のみかんが余ってるからそっちに送ろうと思うんだけど、ほかに欲しいものある？』

母の問いに迷わず「カップ麺《めん》」と答えた。

「ちゃんと色んな味の入れて。あとポテチと缶詰。焼き鳥とコンビーフがいい。あ、ついでに『ドラゴンボール』本棚に全巻あるから、それも送って。久しぶりに読み返したくなった」

『そんなに入るわけないでしょ！　それに何なのよその食生活は！』

「外ではちゃんと食ってるって」

『外ねえ……』

はあ、とわざとらしいため息が聞こえた。

『テレビで毎日、計の外づら見るたびに笑うの通り越してぞっとしちゃう』

「それが親の言うことか？」

『だって……よくもまあこんなに猫かぶれるわ、と思って。実家じゃこたつでお菓子ぼりぼり食べながら漫画読んでげらげら笑ってるだけのあんたがアナウンサーなんて……まあ昔から人前でだけきちんとする子だったけど、ご近所で褒《ほ》められるたびに罪悪感が湧《わ》くのよ』

「あーうっせーな！　かーちゃん絶対余計なこと言うなよ！　営業妨害《ぼうがい》だからな！」

『はいはい分かってます……でもあんたどーすんの？　その性格を受け容《い》れて結婚してくれそうな女の人はいるの？』

いるわけがない。これまで、「完ぺきな自分」のアクセサリーとして及第点の異性と短い交際をしては、息抜きの時間を奪《うば》われるのですぐに疲れ、悪者にならないよう穏便《おんびん》に別れるため余計な労力を費《つい》やす、その繰り返しだった。

「大きなお世話だよ。忙しいから、おやすみ」

『ちょっと、計……』

強引に通話を終え、録画しておいたニュースを再生する。自分が映っているところを何度も。滑舌《かつぜつ》は悪くないか、アクセントはおかしくないか、スピードと間は。視線はあまり真正面を向きすぎていても、見る者を居心地悪くさせるからよくない。ほかの演者《えんじゃ》としゃべる時の受け答えは適切か、引きの画《え》になった時もきれいな姿勢を保《たも》っているか、きょうの衣装はどうだ——チェック項目はいくらでもある。シャツのストライプ、細かすぎてちょっとちらちらすんな。だから着る時確かめたんだ俺は。あの衣装のやつ、「大丈夫ですよー」なんて安請《やすう》け合《あ》いしやがって。愚民め。

自分のエアチェックが終わると今度は他局のニュース番組を片《かた》っ端《ぱし》から三倍速で流していき、良くも悪くも引っかかるものがあれば通常モードで見る。朝、昼、夕方と夜、全局を網羅《もうら》するため計の家では四台ものデッキが稼働《かどう》している。局のスタッフルームでももちろん録《と》っているが、「センスねーカットだな」だの「CM入りのタイミング悪すぎ」だの口汚ない独り言をつぶやきながらのありさまだし、人前でしゃかりきになっている姿をさらけ出すのはキャラ的にマイナスだ。余裕あるけど押さえるべきところは押さえている、ぐらいがちょうどいい。視聴率の拮抗《きっこう》している裏番組は特に念を入れる。グラフはどこで競《せ》ってどこで勝ち、あるいは負けているのか。数字なんて気まぐれで、放送内容の出来不出来と素直に比例しているものでもないが、それでも手応《てごた》えがはっきり分かる日というのは確かにある。

がりがりと膝《ひざ》の上でメモを取りながら、計の背中はいつの間にか幼虫みたいに曲がっていく。三十分に一回ぐらい腰の痛みで我に返り、軽く背筋を伸ばしてからまた続行。とても人様にはお見せできない。

自分に何かの才能があるとしたら、と計は思う。己《おのれ》を取《と》り繕《つくろ》うための努力を欠かさないことだ。ニュース巡《めぐ》りを終えると（こんなに見まくっても翌日には何をやっていたのか忘れているのはふしぎだ）午前二時近かったが、ロケの予習をしなければならない。手短に入浴を済ませると、ディレクターから受け取った資料をめくる。

都築潮《つづきうしお》、今年で二十七歳、同い年。専門学校在学中からオリジナルのストップモーションアニメが動画サイトで注目を集め、ひな鳥の巣立ちから死までを表現した短編は世界中で一〇〇〇万回以上再生された。国際的な賞も数々受賞し、現在はCM制作などでも活躍中……――ふーん。自分より活躍している同い年は皆嫌いなので計は少々冷めた気持ちで参考用のDVDをデッキにかけた。

子どもの頃、教育番組で目にしたような粘土《ねんど》の映像が流れた。丸まったり伸びたりしながら形を変え、花が咲き、日が沈んで雨が降る。素材は折り紙の時もあればぬいぐるみの時もあり、DVDに入っていたのは長くて五分ぐらいの様々なムービーだった。うっわー、と他人事《ひとごと》ながらげんなりする。これってあれだろ、ミリ単位で動かして撮ってまた動かして……の積み重ね。何かの修行かよ。俺なら一秒ぶん作ったところでキレて破壊する。

こんなものをねちねちねちねち作っていられる男はさぞ暗そうなオタクに違いない。いったいどんな見てくれかとやや意地悪な興味を抱いたところでちょうどよく本人の映像が流れた。きっと、権威《けんい》ある賞をもらった時のパーティか何かだろう、きゅうくつそうにタキシードを着ている男をひと目見て盛大《せいだい》に舌打ちした。顔のいい同性も嫌いだ。途方《とほう》もない手作業をこまま続けられるようなタイプにはとても思えない。外国人ばかりの中にいても浮かない程度には長身で、鼻筋の通った、まあ一言ですませるならいい男だった。パーツはそれぞれはっきりしているが、総和《そうわ》はふしぎとくどくない。しかしアニメよりは、鑿《のみ》と槌《つち》をふるってでかい像でも造っている方がさまになる気がした。

それが、華やかな会場で栄冠に顔を輝かせているということはまったくなく、金色のトロフィーを無造作《むぞうさ》に握ってつまらなさそうに首を回していた。蝶《ちょう》ネクタイがきついのかもしれない。

——この度《たび》はおめでとうございます。

マイクを向けられても「はあ」と無愛想《ぶあいそう》に頷くだけだった。

——今の率直《そっちょく》なご感想は……。

——こういうとこ苦手なんで、早く家帰ってめし食って寝たいです。

——え、えーと。いかがですか、トロフィーの重みというのは。

——うちのばあちゃん、光り物が好きなんで喜ぶんじゃないですかね。

「……何だこいつ」

晴れがましい舞台でもマイペースな俺、を気取っているわけじゃなさそうだ。本当に早く帰りたいし、記念品に思い入れもないのだろう。計は常に演技をしているから、他人の芝居っ気《け》に敏感だった。ちょっとは笑え、はにかめ、ぎこちなく喜びと周囲への感謝でも語ってみせろ。それが日本人らしい礼儀ってもんだろ？

訊くほうだって仕事でしゃーなしなんだよ、白々《しらじら》しかろうとそういう持ちつ持たれつで社会の歯車って回ってるんだろうが——と胸ぐら引っ掴んで説教してやりたい。特殊かつ専門的な分野でめしを食っている一匹狼、殊《こと》の外《ほか》うっとうしいタイプだ。テレビ的な予定調和というものを往々《おうおう》にして無視しやがる。

数時間後を思うと今から憂《ゆう》うつになったがこっちも仕事だからやむを得ない。もうすこし情報が欲しかったのでパソコンを起《た》ち上げてウィキペディアのページを開いた。真偽《しんぎ》の程は確かじゃなくても、まあ参考だ。「人物」の欄《らん》に「バイセクシャルであることを公言」とあった。げ。思わず舌が出る。好かれちゃったらどうしよ。ふたりっきりにならないように気をつけないと。

他人の性癖《せいへき》なんてどうでもいいが、堂々と表明する神経が分からない。普通の勤《つと》め人《にん》なら色々と差《さ》し障《さわ》りがあるだろうに、自由なクリエイターだからむしろプラス材料になるとでも？ああ気に入らない。すぐに電源を落として、寝る準備をする。外出用とは違う濡れマスクを装《そう》着《ちゃく》し、寝巻き用ジャージに着替えてベッドに向かった。加湿器をフル稼働させ、湿度六〇％に保《たも》っている寝室に入ると全身がしっとりしていくのが分かる。平日の睡眠はきっちり四時間半。アラームで目覚め、はちみつを舐《な》めて三十分ばかり発声練習すると朝刊を読んでから朝食。本日は、カップみそ汁と、スライスチーズ乗せご飯プラスかつおぶし。お好みでしょうゆを垂《た》らしてどうぞ。半分ぐらい食べたら舌が飽きてくるので後半はキムチを加えるのも好きだけど、就職してから刺激物は避《さ》けるようになった。

作法もへったくれもなくかっ込んでしまうと、身仕度をして皆が知っている「国江田計」の皮をかぶる。髪を整え、ネクタイを締めて鏡の中の自分に頷きかける。さあ、きょうも一日化《ば》けきるか。

「おはようございます」

「おはよー」

ロケDは出会い頭《がしら》から大あくびをして計《けい》をいらつかせた。こういうゆるみを見せるのが親しみの表現だと勘違いしているバカは結構多い。

「お疲れみたいですね」

「あー、きのう編集手こずって寝れなくてさー」

知ったことか。てめーの手際《てぎわ》が悪いんだろ。労働基準法に則《のっと》った仕事をしたいのならこの業界から去るべきだ。

「そうですか、大変ですね……」

同情をたっぷり含ませた表情でねぎらってみせてはやるが、職場で仕事の愚痴《ぐち》をこぼす人間なんて大嫌いだった。

「国江田《くにえだ》はいつもつやつやしてコンディション整えてるよなー」

「皆さんが色々段取りして下さるのに甘えているだけなので恐縮《きょうしゅく》です」

国江田式の翻訳《ほんやく》を通すと「下働きはせいぜい馬車馬《ばしゃうま》のように尽くせよ」という意になるが、知らぬが仏の相手は満更《まんざら》でもなさそうに眠たげな顔で笑う。締まりなくへらへらしてんじゃねーよ。笑顔に値打ちのある人間とそうじゃない人間がいるんだぞ？　もちろん俺が前者でお前は後者。

「いやいや……じゃあ行こうか」

車の中で、都築潮《つづきうしお》について改めて尋ねてみた。

「どういう経緯《けいい》であの人が夜ニュースのＯＰ《オープニング》を手がけることになったんですか？　作品をいくつか拝見しましたけど、特に社会風刺《ふうし》が効いているというわけでもなく、絵本風のが多いですよね」

「『ザ・ニュース』の設楽《したら》Ｐ知ってる？」

「お名前だけは」

「あの人が、系列局でシュールな子ども向け番組作ってた頃に知り合ったんだって。『ミッドナイト・キンダーガーデン』」

「ＤＶＤ、すごく売れましたね」

「そうそう、口コミで火がついて……俺も持ってるよ。上の目が届かない地方で好きにやりましたってめちゃくちゃさがよかったなー。清楚《せいそ》系のお母さんをギャルメイクで変貌《へんぼう》させて子どもが分かるかどうか実験するとか」

「へえ」

興味ねーよ。さっさと本題に戻せ。

「そんで、その時代に設楽さんが都築さんに番宣の仕事発注したらしい。で、夜ニュースのPに返り咲いたから俺の好きなようにさせてもらうって、独断で決めたって聞いてる」

「そうなんですか」

プロデューサーの個人的なお気に入りなら、番組は違えど不興《ふきょう》を買うわけにはいかない。いつも以上にうまくやらなければ、と肝《きも》に銘《めい》じる。

「えーと。ロケスケにも書いたけど、これから週一回か二回ロケして、『イブニングファイル』で毎日三分ぐらいのコーナー作って流すってことで。最終的には『ザ・ニュース』の放送初日に、実際の作品は午後十時からのこのチャンネルで、って締めて終わり」

「はい」

「まあ、きょうは顔合わせと、都築潮とはっていう説明のところが主《しゅ》になると思うけど」

外の景色に見覚えがあると思ったら、目的地は計の家から徒歩十分ぐらいのところだった。高級マンションが並ぶ区画からぶっとい幹線道路を一本隔《へだ》てた、下町の名残《なごり》が濃いエリア。うわ、生活圏かぶってそう。もっとも「生活」している時の計と会ったって気づかれもしないだろうが。車を降りると、目の前には無愛想《ぶあいそう》に四角い木造の建物があった。一階部分の天井がやけに高く、でかいシャッターが下りている。

「元は自転車屋だったんだって」とDが言う。

「安く貸してもらって、一階をスタジオ兼作業場、二階を自宅に使ってるらしい」

「ああ、看板外《はず》した跡がうっすらありますね」

「こっちが出入口だから。一階は靴のままでOKな」

隣のビルとの間の細い路地を抜けて裏手に回ると、勝手口然としたシンプルなアルミのドアに、そっけない「都築」という表札が貼ってあった。前の持ち主の時から替えていないのだろうが、さびだらけの赤い郵便受け。ADがインターフォンを鳴らしたが反応がない。「寝てんのかな」と苦笑して再度試《こころ》みるとようやく鍵が外れ、扉が細く開いた。

「……悪い」

どう見ても寝起き、の風体《ふうてい》の男が目をしょぼしょぼさせながらつぶやき、大あくびをする。それだけでもう、むかついた。どいつもこいつも。あくびなんつー間抜《まぬ》け面《づら》をよく他人の目にさらそうと思えるな。つーかロケの時間ぐらい伝えてあんだろーが。茶を淹《い》れろとは言わないまでもせめて社会人らしく待機してろ。

「おはようございます。お休みのところすみません」

「いや、まじですまん。あしたと勘違いしてたわ」

「やだなーきのう電話したじゃないすかー」

「顔洗って着替える時間ある？」

「じゃあその間、ちょっと外観撮らせてもらってますね。国江田は中で待たせて頂いていいですか？　あ、これが今回の取材を担当する国江田です。『イブニングファイル』のサブキャスターやってます」

「初めまして、よろしくお願い致します」

絶妙の角度と間合いで会釈《えしゃく》して、カメラに向けるのと同じ、手抜きのない笑顔。これで老《お》いも若きも男も女も、好感度のメーターなんか振り切れてしまう、はず。

「……ああ」

しかし都築は眠たげな目に何の興味も浮かべず計を一べつすると、傍《かたわ》らのDに「女子アナじゃねーの」と尋ねた。

「最初の打ち合わせん時、そーゆー話だったじゃん」

「あー……ちょっと他の仕事との兼ね合いがありまして。あれ、僕お伝えしてなかったですか？　すみません」

「別にいーけど……」

別にいいんなら言うなや。つかてめー両刀《りょうとう》なんだろ？　だったらむしろ俺みたいな美形が来たことを喜べよ。つか今回の仕事は局の発注なんだろ？　だったらギャラ払った上宣伝に貢《こう》献《けん》してやってんじゃねーか、クライアント兼媒体《ばいたい》に対する感謝の念はないのか？　――と、笑みを保《たも》ちながら思った後、「行き違いがあったようで申し訳ありません」とあくまで丁重に話しかけた。

「精いっぱい務《つと》めさせて頂きますので」

「適当でいいよ」

埃《ほこり》でも払うようにぞんざいに都築は返した。

「そっちも仕事だし、俺もあんまカメラに構ってらんないんだ。何しろ納期あるから」

計は不遜《ふそん》な男に摑《つか》みかかり、何十発となく殴打《おうだ》する（頭の中で）。

「えっ、あの、じゃあとりあえずちょっと外撮らせてもらいますんで、準備のほうお願いします」

「ああ」

都築が背中を向けると、Ｄはそっと計に耳打ちした。顔近づけんなよ。

「きょう、えれー機嫌悪いみたいだ。ふだんはもっと取っつきやすい人なんだけどな。ま、お前なら大丈夫だと思うから何とかコミュニケーション取っといてよ」

簡単に言うんじゃねーよ、てか外観ぐらいロケハンの時に押さえとけ、と毒づきながら「はい」と心得《こころえ》た体《てい》で頷く。スタッフが外に出て、都築が二階に上がるとすこしの間、ひとりで心置きなくきょろきょろした。箱庭ほどのものから畳《たたみ》二枚ぶんぐらいの大きさまで、いくつかのセットが並べられている。ＤＶＤで見た作品の風景もあった。おとぎ話の街並みや海辺や森や、多様な別世界が灰色の床の上で島のように点在している。照明と、背景とおぼしきスクリーン。壁際に押しつけられている自転車。奥には机と、大きなモニターのパソコンが見えた。

一応は来客用らしい、昔の応接間にあったような古くさい合皮《ごうひ》のソファにかばんを置くと、都築が戻ってくる。

「荷物、こちらに置かせて頂いてよろしいでしょうか」

「どうぞ」

相変わらず、ぶっきらぼうな返事だった。腹は立つが、それで萎縮《いしゅく》するほどこっちも弱くはないので、構わず話しかける。

「製作、全部おひとりでやってらっしゃるんですか?」

「人使えるほど儲《もう》かってねえからな」

だろーね。だってこんなもん、あってもなくても困らない娯楽《ごらく》だもん。めしが食えてるだけ日本は優しいよ。

「厳しいんですね」

「いや、これで金もらえるだけありがたいと思ってる。趣味の延長って言われりゃそれまでだからな。定年退職したおっさんがつまようじで城とか造ってんのとそう違わねえ」

お、何だ分かってんじゃん。いかにも作家様でございってご高説垂《こうせつた》れられたらうぜーなって心配してたのに。都築はパソコンデスクから、紐《ひも》で綴《と》じられたぶ厚い紙束をいくつか抱えてくる。

「撮影で使うから用意しとけって言われた」

「これは……日めくりカレンダーですよね？」

六曜《ろくよう》とちょっとした教訓が書かれた、ごくありふれたやつ。

「裏」

「え？」

手に取って裏返してみると鉛筆で絵が描いてあった。次の紙にも、その次の紙にも。

「ああ……コンテなんですね、どうしてカレンダーの裏に？」

「近所の文房具屋が店たたむ時、在庫全部もらったんだ。だからそれ一昨年《おととし》の。捨てるって言うからもったいなくてさ。紙がうすくて使いやすいだろ」

「でも、裏の数字が透《す》けてしまいませんか？」

「自分にさえ分かればいいんだ。いかにも、さあ『作品』を作りますよってテンションじゃなくて、チラシの裏に思いつきを落描きするみたいな、そういうのが好きなんだよ」

ぺらぺらとめくっていくと、一枚一枚のごくわずかな差異《さい》がひとつの動きにつながっていくのが分かる。しかしかったるい仕事だな。

「これ、一秒につき何枚お描きになるんですか」

「二十四コマ」

「テレビのＶＴＲは一秒三十フレームだからちょっと違いますね。じゃあ十五秒ちょっと作ったらカレンダー一年ぶんを使い切ってしまうわけですか」

「ああ。だいぶストックがなくなってきた」

何だ、もっととんがってるというか、天狗《てんぐ》になっているに違いないと予想していたのに、何ていうつつましさ、いや貧乏くささ。日本のちっぽけな土俵《どひょう》でさえ、カメラの前、スポットライトの下に慣れると人間はすぐごう慢《まん》になる。隠せもしないほどバカじゃなくてよかったと安堵《あんど》しながら、計はいつも冷ややかな気持ちで勘違い甚《はなはだ》しい連中を眺めてきた。自分がいわば、なりゆきで就《つ》いた立場だから余計にそう思うのかもしれない。

「すいません、外観の撮影終わりましたー」

スタッフが戻ってきた。

「あ、都築さん準備いいですか？　まずスタジオの中ちょっと撮らせて頂きたいんですが」

「いーよ」

「テレビに映ったらまずいものは隠してくれていいっすよ」

「ねーよ」

そこで都築は初めてちょっと笑った。仏頂面《ぶっちょうづら》をほどくと、途端に人懐《ひとなつ》っこく見える。何だそんな顔もできんのかよ。愛想《あいそ》はいくらタダで振る舞っても損しないんだからもっと頑張れや。すこしほっとしたが、いやいや何で安心しなきゃいけないのかと思い直した。こいつの無愛想がそのままオンエアされたとしても計自身は困らない。むしろ「あんな人にもちゃんと話を聞くのね」とお茶の間から同情をちょうだいしてラッキーかもしれない。

「あっ！」

ＡＤが、三脚《さんきゃく》を計のかばんの持ち手に引っかけた。床に中身がなだれ落ちる。バカ、とカメラマンが叫んだ。

「すいません！」

計はさっと歩み寄ると荷物を拾い上げながら「大丈夫？」と尋ねる。

「足の上に落ちたりしなかった？」

もちろん内心ではこのグズ、とこき下ろしている。

「はい、大丈夫です。国江田さんすみません」

「ううん。重いもの入ってるから、当たらなくてよかった」

ほほ笑みを絶《た》やさずに元通り所持品《しょじひん》をととのえて立ち上がると都築と目が合う。面食《めんく》らったような表情をしていた。やべ、わざとらしかった？

「あの、何か？」

「……別に」

その後のインタビューはスムーズに進行し、次のロケは三日後、と日程を確認して局に帰った。途中でＤが「最初はどうなるかと思ったよー」と言う。

「めーちゃめちゃ機嫌悪かったなー」

それを何とかニュートラルに戻すのもてめーの役割だろうに逃げやがって。

「でも外出て戻ったら割と普通だったもんな。さすがだなー国江田」

「いえ……」

お世辞に困ってみせる、のは当然演技だが、心当たりがないのは本当だった。だって「面倒」って顔じゅうに書いてあったぞあいつ。寝ぼけ眼《まなこ》が覚めるにつれ俺の美貌《びぼう》をはっきり認識したか？　いやそれも困るなまじで。

「低血圧なのかもしれませんね」

と当《あ》たり障《さわ》りのない推測を述《の》べるに留《とど》めた。


帰宅してからいつもの自分に戻り、お楽しみの牛丼を持ち帰る途中、計は重大なことに気づいた。十一時から時事討論《とうろん》の特番があるのに、録画し忘れていた。肩書きはご立派なおっさんたちが寄り集まって結論の出ない言い争いをぐだぐだ繰り広げるだけではあるが、司会が麻生《あそう》圭一《けいいち》だ。翌日のアナ部は当然その話題で持ちきりだろうし、単純にベテランの回しは勉強になる。

今から走って帰れば間に合う。袋を片手に走り出した計は、目の前の信号が真っ赤なのを完全に失念《しつねん》していた。

「うわっ‼」

視界の端からちいさな光と大きな影がいっぺんに現れ、一瞬で消えた、と同時にがしゃあんとものすごい音がした。しゃらしゃらと車輪の空回《からまわ》る音。地面に自転車が転がっている。それから人間。

計ははっとし、慌てて確かめた。片手に提《さ》げたビニール袋の中身を。驚いてよろけたから、蓋《ふた》がずれてしまったかもしれない。

「……よかった。こぼれてねえ」

牛丼の容器がさっきまでと変わらず無事であるのを見るとほっと息を洩らした、途端。

「おいっ！」

自転車の下敷きになっていた男が怒鳴《どな》った。

「てめえ、いきなり飛び出してきた挙句《あげく》、人間よりめしの心配ってどういうことだ⁉」

そんだけ怒る元気があるならいーじゃん。あ、ていうか逃げなきゃ。逃走態勢に入ろうとしたが男は意外な素速さで車体をはねのけて立ち上がり、街灯に照らされた顔を見た瞬間凍りついてしまった。

やっべ。

昼間会った都築だった。生活圏の重複を案じた矢先にこんなかたちで遭遇してしまうとは。

どうするダッシュするか？

いやこいつチャリだし。

「おい、逃げんなよ」

計の逡巡《しゅんじゅん》を見透かしたか、都築はどすを利《き》かせてにらみつける。

「あ、いて……あーくそ。とりあえずこっちのハンドル持て。左手痛くて動かねんだよ。フレームも歪《ゆが》んでるし」

大丈夫だ、国江田計だとばれるはずがない。動揺を必死になだめてこの場を切り抜ける方法を考える。すべて白状して謝るか他人のふりを貫《つらぬ》くか。これはもう後者しかない。だってこの俺が、男性アナウンサー好感度ランキングトップ5につけている俺が、局内で「嚙《か》み知《し》らず」の異名《いみょう》を取り、初鳴《はつな》きを控《ひか》えた新人があやかりたいと握手を求めてくるほど有能な、才色兼《さいしょくけん》備《び》の三次元化であるところの俺が、信号無視をして事故を引き起こした、なんて周囲に知られたら。いやそんなことよりこの風体《ふうてい》で夜な夜な牛丼など買い求めていると知られたら。終わりだ。四半世紀かけて構築したパブリックイメージが粉々。

「おい、早く持てって」

「……いくら?」

「は?」

「チャリと、けがの治療代。十万でも二十万でも払うからそれでいいだろ? どうせ警察行ったって車両のほうが悪者に決まってるし」

「はあ？」

「俺、急いでんだよ」

「急いでたら信号無視していいってか？」

「……信号無視なんかしましたっけ？」

「はあっ？」

だんだんハ行がクレッシェンドになってきた。

「青だった」

「はああっ？」

「カメラ回ってたわけじゃないし、目撃者もいないし、それ言い出したら水掛け論になるんじゃね」

だから手っ取り早く金で解決、と再度提案しようとしたら脳天《のうてん》からげんこつが降ってきた。

「……った！」

目の裏に火花がちかちかっと疾《はし》った。

「俺もいてーわ、アホ!!　あー、うっかり左手使っちゃったからまた痛《いて》え!!」

左手首を右手で押さえながら都築はとうとう本格的にキレたらしい。

「どーゆー教育されてんだてめえはっ!!　何でまずすいませんの一言が出てこねーの!?　あ
あ!?　ありがとうとごめんの言えねーやつはクズなんだよ!!」

そりゃごもっとも、だけどいのいちばんに牛丼を案じた口で謝罪してもな、と思ったのだ。

「さーせん」

「てめえ今度は利き手で殴んぞ、ていうかほら、自転車半分持てっつの。足もいてーから自分ちまで押してくのつらいんだよ」

断りたかったが、夜中といえど路上で延々騒いでいるのは危険だし、都築もおおごとにする気はなさそうだ。ていうかこれ以上激昂《げっこう》させるとさすがにちょっとやばそう。手負《てお》いでも勝てる気が全然しない。

「……分かったよ」

しぶしぶ片方のハンドルを握り、歩きかけたが自制した。こいつんちなんか知らない設定だよ。

「……どこ」

「あっち」

力加減を合わせるのが難しいのか、本体が曲がってしまったせいか、ふたりの真ん中でいかにも安物くさいママチャリはぐらぐら揺れた。あーもう、夜更《よふ》けにチャリでちょろちょろしてんな。てかご近所に住むな。ついてねーなまったく。正体がばれる気配はみじんもないので不安は去り、ひたすら自分の不運を呪っていると、いきなり話しかけられた。

「……その袋」

「は？」

「ひょっとして『須藤亭《すどう》』の牛丼？」

「そうだけど」

「俺もよく買いに行く。うまいよなあそこ。でも最近汁っつーの？　タレっつーの？　ちょっと味変わってね？」

「……分かる」

思わず計は真剣に頷いた。

「微妙に砂糖としょうゆのバランスが違う」

「だろ？　いっつも店で食う？」

「持って帰るだけ」

「俺、たまーに中で食うんだけど、あそこのビールおっそろしくまずいんだよ」

「ビールなんかどこで飲んでも一緒じゃん」

「いやいや、泡がもう、テーブルに置かれた瞬間から、ホットミルクの膜《まく》ぐらいのうすさなんだって。注《つ》ぐやつが下手《へた》なのか、サーバーが悪いのか知らんけど」

「ふーん」

あれ。何か普通に会話しちゃったよ。行きつけの店が同じというのも大変にまずい事態だというのに、計はその時、牛丼について他人と話せるのが、嬉しかった。

「焼き鳥好き？　郵便局の裏手にある『炭味屋《たんみや》』がうまい」

「持ち帰りできる？」

「できるできる」

昼間に訪《おとず》れたばかりの家にまたやって来た。ここまでチャリ運んだし、もう用事ないよな？

「じゃっ」

と回れ右しようとしたらすかさず手首を摑まれた。

「まだ話終わってねーよ！　油断も隙もねーな……おい、念のため電話番号教えろ」

早口でまくし立てる。

「覚えられねーよ！」

「ちゃんと教えたし」

「子どもか！」

自転車と一緒に中に入ると、「そこに座ってて」とこれまた昼間も掛けていたソファを指した。

「とんずらこいたら毎晩『須藤亭』で張るから。言っとくけど俺結構執念《しゅうねん》ぶかいから」

「あーも、分かったよ！」

都築が二階に上がると、言《い》われた通り腰を下ろして待った。片足を軽く引きずっていたので
さすがに若干《じゃっかん》の罪悪感が湧《わ》いたが、どうせここに籠《こ》もって仕事するんだからそんな困んねー

よなとすぐ思い直し、ソファの端っこに置いてあったタブレットパソコンを何気なく手に取った。画面に触れるとスリープモードが解除されてバックライトが灯《とも》る。何だ、電源入れっ放しかよ、ロックもしないで不用心な――。

「……はあっ⁉」

マスクも破れそうな声が出た。

「どうした？」

二階から都築の声。

「え――あ、ご、ごきぶり」

「え、うそ、俺見たことないのに。ちゃんと殺しといて」

「できるかっ」

ごきぶりはもちろんうそだ。けれど、そのぐらい驚いた。一時停止状態になっている動画サイトのモニターに表示されているのは、確かに計だ。

しかもこれはまだ新人だった時代、ゆるキャラ相撲《ずもう》グランプリ題してYS－1グランプリに出場した際のVTR。旭《あさひ》テレビのマスコットキャラクター、「アサぞう」（ダサい）の着ぐるみが転がされ、土俵《どひょう》の外まで落ちていく。そして、惜《お》しくも敗《やぶ》れたアサぞうが頭部を脱ぐとそこには汗だくの国江田アナ……という構成だった。

一年生の頃は何でもやらされた。体力はあるし、まだ海のものとも山のものともつかないので制作側からは「どういじっても許されるおもちゃ」扱いだ。もちろん計も例外ではなく、イロモノだろうが笑いものだろうがばんばん振られたし文句を言わず真剣に挑《いど》んだ。新人の分際《ぶんざい》で選《え》り好《この》みしたら即「使えない」認定されて日陰の干されコースが待っている。全力でみっともなくなれない人間はテレビには不要だ。もちろんいやに決まっているが、「恥をかく」のが仕事、という局面はいくらでもある。幸い計はすぐに「非お笑い・上品系」認定をされてその手の撮影からは外されるようになった。

下積みの時期は仕方ない。今現在取り澄ました顔でライフスタイルを啓蒙《けいもう》する美人女優にだってひと山いくらのグラビア時代が存在するように。仕方ないし後悔もしていないが、こうやって物好きなバカがネットに公開するのが厄介《やっかい》なのだった。コメント欄《らん》を見たら案《あん》の定《じょう》「王子にもこんな時代があったんですね！」とか書いてあるし。うっせーわボケ、お仕事なんだよ。いやそんなことより問題は、あいつが何で俺の過去映像なんて見てやがったのか、だ。たまたま、という可能性はない。履歴《りれき》をチェックしたら他にもいくつか計の動画が上がっている。それも、アイドルグループの研究生を一日体験してダンスレッスンでしごかれてるのとか、アクロバット飛行機に乗せられてるのとか……要は身体を張ったものばかりだ。

俺ってほんと頑張り屋さんだな……って目頭《めがしら》熱くしてる場合じゃねえよ。何だ、あれか。やっぱり何かしら俺が気に食わなくて次会った時笑いものにしようってか。このチョイスで好意を感じるのはちょっと難しい。何だよ陰険《いんけん》な男だな、と自分を棚に上げて不機嫌になった。

別に皆の前で披露《ひろう》されてもかるーく笑ってやるけど。

「お、ちゃんといた」

都築がようやっと戻ってきた。

「悪い。湿布《しっぷ》探すのに手間取って」

勝手にタブレットをいじっているのを咎《とが》めもせず、「その人、知ってる?」と尋ねる。

「え?」

かまを掛けられているのかもと心中の警戒レベルはまた上昇したが、都築の口ぶりは至って気軽だった。

「国江田計っていうアナウンサー。旭テレビで、夕方のニュースとか出てる」

「……へー」

知ってるでも知らないでもない返答に頓着《とんちゃく》せず、隣に腰を下ろすと「きょううちに来たんだよ」とまたもや計をぎくりとさせた。

「……へー」

まじでどういうつもりだ、こいつ。

「悪いことした」

「へー」

「お前、それ以外の反応ないの?」

「ほー」

「……まあいいや。俺、ちょうどきのうも別の局の取材受けて、その、国江田さんと同じぐらいの男のアナウンサーが来たんだよ。表面上はにっこにこしてたんだけど、ちょっと俺が席外した時、ADにおもっくそ蹴《け》り入れてんの見ちゃって」

話しながら思い出しているのか、都築の顔はすこし険《けわ》しくなった。

「バカとか死ねとか言ってさあ。何か、買ってこさせたミネラルウォーターの銘柄《めいがら》が気に入らなかったとかそんなことらしいんだよ、こっそり聞いてたら。はあ？　って思って。お前その水飲まなきゃ死ぬの？　みたいな。普通、それぐらいのミスで他人を蹴らないだろ？　おまけに『こんなくだらねえロケ』ってぶつぶつ言ってた。そのくせ俺が戻ったらまた笑顔になって、鳥肌立ったわ、気持ち悪くて」

「虫の居所《いどころ》でも悪かったんじゃね」と計は言った。フォローするつもりじゃなく、その程度のパワハラなら珍しくもないという意味で。別に業界に限った話でもないだろうし。

「まあそうかもしんねーけど、うんざりしたんだ。俺が駆け出しの頃は虫ぐらいの扱いしてきたくせに、ちょっと話題になった途端手のひら返して近づいてくるやついたよな、とか色々思い出して。水に流したつもりでも、実はそうでもなかったんだなって自分のちいささにいらいらすると仕事も捗《はかど》んねーし。そんでふて寝してるとこに来たから、あーこいつも陰で下《した》っ端《ぱ》いじめてんのかなって色眼鏡《いろめがね》で見ちゃって」

「ひでー話だな」

俺、全然関係ねーじゃん。

「うん……でも、ロケ中にADがかばん引っくり返しても、国江田さんは笑ってたんだよ。そんで、けがしてないかって心配してた」

マスクをしていて本当によかった。口元がにやついているのを悟《さと》られずにすむから。腹を抱《かか》えて笑い転げてやりたい。騙《だま》されてる騙されてる。何だよこいつ、ちょろいじゃん。

いくらでも替えの利く消耗品《しょうもうひん》であろうと、敢《あ》えて痛めつける必要はないし、下請《したう》けの木っ端《ぱ》ADが奇跡的に（卵から孵《かえ》ったウミガメが成体《せいたい》になるぐらいの確率で）出世しないとも限らないじゃないか。計にとっては笑ってしまうほど初歩の処世術だが、経歴を見る限り「勤《つと》め人《にん》」未経験の都築には分からない機微《きび》なのかもしれない、と思うと、目の前の男があわれにさえ映った。

世間知らずめ、と思われているとも知らず、都築は「でさ」と続ける。

「かばんから、ばさばさって本が落ちてきて。辞書なのな、アクセント辞典って書いてあった。アナウンサーってあんなの読むんだな」

「へー」

無言のままというのも不自然な気がしてそらぞらしく頷くと「お前、知ってた？」と覗き込んでくるので慌てて後ずさり、「知らねーよっ」と答える。

「だよな。その辞書がもうぼろっぼろで、大量の付箋《ふせん》はみ出してたんだ。それでさらに、あ、思ってたのとちょっと違うってなって……で、動画観《み》てた。ぶっちゃけアナウンサーなんか、お上品ぶって間違えずに原稿読むだけの仕事だと思ってたんだけど、何にでも一生懸命で、ちょっと感動した」

よかった、単純バカで。次回以降のロケは気分よく進められそうだ。

「次、また会うんだけど、謝ったら許してもらえるかな」

いや、いいってそういうのは。そこまで改まったことは面倒だ。でも会話を長引かせたくなかったので「大丈夫じゃね」と適当に請《う》け合《あ》った。

「まじでそう思う?」

「うぜーなお前」

ついはっきり言ってしまった。

「許してもらえなかったら謝んねんだったら何もすんなよ。その程度の気持ちなんだろ」

「……おお」

まじまじと見つめられると、さすがにひやひやする。

「悪人のくせに正論言うなー」

「うっせー」

「まあでもその通りだな、そうするわ」

ひとしきりしゃべってすっきりしたのか、都築はぱっと笑ってから湿布の袋を差し出した。

「いらねー」

「違うわ。貼って、つってんの。片手じゃやりづらい」

痛めたという左手のパーカーの袖《そで》をまくると、すでに派手な青あざができていた。

「……病院は？」

「一応あした行くけど、折れてはねーだろ」

ここ、と指されたところにはがき大の湿布を貼りつけると「つめた」と肩をすくめる。

「……じゃ、これで」

今度こそお役ご免《めん》、のはずだったのに立ち上がろうとした手をすかさず摑まれる。

「待て待て待て待て」

「んだよ、湿布貼ってやっただろ」

「それだけのためにわざわざ引き止めるかっ。用件はこれからだよ……つーかさ」

強引に計を座らせてから「何で訊かねーの？」と訊く。

「何を」

「この家に置いてあるもんとか、取材の話とかについて。俺の素性《すじょう》が気になんねーの？」

だって知ってるもん。とは言えないので「興味ねーし」と答えた。

「興味とかの問題か？　ま、いいや。俺、一応映像作家なわけ。手作り系なわけ。それも今、大きな依頼がひとつ入ってて、急いで作業してる真っ最中なわけ」

「……はあ」

「左手が使えないって、すんげー不便なわけ。だからお前、責任取ってしばらく俺の仕事手伝えよ」

「やだ」

「そーゆーこと言える立場か？」

「いやだから金払うって。それでバイトでも何でも雇《やと》えばいーじゃん」

「そーやってカネカネカネカネ、自分で言っててやになんねーか？」

「ならねーよ」

計は勢いよく立ち上がり、自分の胸を親指で差した。

「言っとくけどな、別に俺は大富豪でも何でもねーぞ！　あくせくあくせく働いて働いて、日々人より頑張って人より稼《かせ》いでんだよっ。その金で責任取るっつって何か卑《いや》しいか？　間違ってるか？　ああ？　俺は全っ然恥ずかしくねーから！」

「何だよ」

堂々と宣言すると、都築はしばし呆然と計を見上げたのち、ぱちぱち拍手した。

「いや、そりゃそうだなって。お前の言うことって、いちいち妙な説得力あんのな」

「嬉しくねえよ」

「名前、何ていう？」

一瞬迷い、「オワリ」と言った。「都築」という音からの単なる連想だ。

「ああ、俺、『都築』っていうんだよ。ちょっと近いな。いや近くないか。下の名前は？」

「必要ねーだろ」

「まあ、それもそうか。じゃあ、あしたの夜、何時でもいいや。オワリの都合で、二時間ぐらいでいいから」

「へっ？」

「そんな難しい仕事じゃねーからさ」

「いやいやいやいやいや、お前、話聞いてた？」

「や、お前、ちょいちょいおもしれーから、このまま終わんのもったいねーなと思って」

いや終わろうよ、終わりましょうよ。

「バイト代ならちょっとだけ払うし」

「たとえばいくら？」

「日当《にっとう》牛丼一杯かなー」

「やっす……」

アホらしい、と再び立ち上がると、今度はすんなり行かせてくれた。玄関先で都築は「またあしたな」と笑った。

「あしたじゃねーよ！　絶対来ねーから！」

絶対！　と何度も念を押したのに細く開いた扉の隙間でいつまでも笑っていた。

家に帰ってから、牛丼を忘れてきたことに気づいたが、取りに戻る気にも、買いに行く気にもなれない。

疲れた。トラブルに巻き込まれるわ、テレビは観そこなうわ、おまけにあしたから都築の家に通えだと？　冗談じゃない。社会人の二時間がどれだけ貴重だと思ってるんだ。俺は行かないって言ったし、お前の仕事なんか関係ねーよ。いや、ないってわけでもないんですけど。腕、真っ青でしたけど。ねえ。青ぐろーい、痛々しい……いやいや、考えるな考えるな。ニュースチェックしなきゃ。

いつも通り、ソファにあぐらをかく。でもその夜、計の背中は丸くならなかった。「国江田計」について話していた都築の声や、最後に見せた笑顔や、ふたりで自転車を押した寒い夜道が繰り返しちらついて集中できない。

「……あーもう」

何だってんだ、あんなやつが。仕事が入ろうと飲み会が入ろうと、今までこの習慣は崩《くず》さなかったのに、とうとう途中で諦めてテレビを消した。

ベッドに潜《もぐ》り、目を閉じてもなかなか寝つけなかった。真夏の昼、外で遊びすぎた時みたいに、頭の中に熱が残ってわんわん響いている。生まれて初めてかもしれない、と計は思った。

親以外の人間と、あんなに長時間、本性を出してしゃべったのは。

「おう」

翌日の晩、都築は当たり前の顔で計を出迎えた。しゃくに障《さわ》ったので「牛丼」とつっけんどんに言ってやる。

「昨日、忘れてったんだけど」

「食ったよ。冷えてたけどうまかった」

「ドロボー!!」

「また買ってやるっつーの、人んちの玄関でぶっそうなこと叫ぶんじゃねーよ」

はいはい、と肩を抱くように中へと促《うなが》され、いつもなら他人から不用意になれなれしくされるだけで神経がぶわっとささくれるのに、その時はふしぎと悪寒《おかん》を覚えなかった。あれ、と平気な自分に気づいて、だからことさら強く振り払ってしまった。

「お?」

「……言っとくけど俺、その気《け》はねーから」

「その気って?」

「ネットに書いてあったけど、お前、両刀らしいじゃねーか?」

「え？　そーなの？」

「とぼけんなっ」

「いや別に……」

すこし黙り込んでから、思い当たるところがあったのか「ああ」と洩らした。

「雑誌の対談か何かで言ったな、そういうようなことを。そんなのいちいち覚えてるやつがいるんだ」

「ほら見ろ」

「両刀とまでは言ってねーよ。すっごい好みのタイプだったら男でも気にしないかも、だぞ、だいぶ違うだろーが……え、何、お前、俺に襲われるんじゃないかって心配してんの？　俺の好みってそーとー厳しいけど？　そんな、しょっぱいコンビニ強盗みたいな風体《ふうてい》で」

「うるっせーな！」

俺がどんだけイケメンか知らねえだろ！　可能ならば思い知らせてやりたいができないのがもどかしい。

「こっちこっち」

手招かれるまま作業場の方へ進むと、灰色の人形がびっしり並ぶ箱があった。

「何これ。兵馬俑《へいばよう》？」

「いやいや、めちゃめちゃ現代だろ」

高さ十センチ足らずのそれらは、確かにスーツを着たサラリーマンだったり、大学生っぽいでたちのカップルだったりした。ちいさな頭部には鼻がちょこんと出っ張っているだけで目も口もないのに、何となくそれぞれ違う造作を想像させる。

「これ、全部お前が作ったの？」

「そーゆー仕事だからな」

ひとつふたつ……とカウントするのが馬鹿らしいぐらいの数はあった。

「ニュース番組のオープニングで流すムービーなんだよ」

ええ知ってますとも。

「だから、雑踏？　渋谷のスクランブルみたいなの再現したくて」

「お前、ドMだな……」

粘土らしき材質の人形たちは、服装や髪型や所持品まで個体差があり、これを手作業でひとつひとつ作る手間隙《てまひま》を考えただけでめまいがするんだけど、まさか。

「俺にこれ作れとか言わねーよな？」

「ないない」

ああ、そうだよな、いくら何でも……とほっとしているところへ「色塗《ぬ》ってほしいだけ」と言われた。

「無理!!」

「失敗しても上から塗り直せるから平気だって。ちょっと素人《しろうと》っぽさというか、拙《つたな》いニュアンスが欲しいなーと思ってたとこだったし。そういうのってわざとやろうとすると却《かえ》ってあざとくなるから難しいんだよ。絵の具とかはそこにあるから、オワリのセンスで塗ってくれ」

「俺のセンスなら肌が緑でもいいのか？」

「常識の範囲内なら遊んでいい。テレビに映ったら自慢できるぜ、あれ色付けたの俺だぞって」

バカ言ってんじゃねえよ。テレビなんか飽きるほど出てるっちゅうの。

「嬉しくねーし！」

「別にそんな難しい作業じゃねーだろ。あれ、手先が不器用すぎて自信ないとか？」

「……んだと？」

「あー、左手がいてーなー」

都築は挑発したうえ、わざとらしくため息をついてみせる。

「病院行ったら捻挫《ねんざ》だって、全治二、三週間だって」

「……おい」

「もし間に合わなかったらどうしよっかなー。キー局からの依頼だから、一気に悪評が広まってもうどこからも仕事もらえないかもしんない。あてにしてたギャラも入んないどころか、違《い》約金《やくきん》払えって言われっかも」

「やるよ！　やればいいんだろ！」

ばっくれるのは簡単なのに、今夜ここまでのこのこと来てしまった時点でもう計の負けなのだ。くそ、まじでどうかしてるよ俺。

アクリル絵の具、というしろものを初めて扱ったが、使い方は普通だった。チューブから出して、水で軽く溶いて塗る。計は人形を十体選び、まずはそれをひとつのグループとして処理していくことにした。肌、髪、服……同じ系統の色をまとめて面相筆《めんそうふで》で彩色《さいしょく》する。その間都築はパソコンに向かっていたが、小一時間ほどしてふらっとやってくると、塗り終わったものをひょいと手に取った。すこし眉根を寄せてけげんそうな顔をしたので、計は「何だよ」と怯《ひる》む。

「やり直せったってしねえぞ。お前が好きに塗れっつったんだからなっ」

「いや」

軽く首を振ると、意外にも「上手《うま》くて感心した」と言った。

「予想外にちゃんとしてて驚いた」

何だ、びびらせんじゃねーよ。ていうか当たり前だ。俺だぜ、俺。ちょっとかじらせたら何でもできるようになっちゃうことにかけては定評がある。

それからほかの人形も眺め回すと都築はふ、と笑った。

「……何だよ」

「手作業って、性格が出るんだよな。本人が思ってるよかずっと」

「は？」

「当ててやろっか。これが、いちばん最初に手ぇつけたやつ、で、これが最新。短時間で上達してる。だからオワリは飲み込みがよくて、頭が回るし手が早い」

その通り。ちょっといい気分になりかけたが、「でも」とプロファイルは続いた。

「自分で最初言ってたほどめちゃくちゃなカラーリングしてない。案外まじめ、つか小心」

「てめーが常識の範囲内っつったんだろが！」

悔しくて言い返したのは、図星だからだ。

「そう言ってもやるやつはやるんだよ、『常識』のチャンネルがそもそもずれてるから。オワリのやり方は良くも悪くもすっげえまとも。……出会った時の言動からして、もっとはっちゃけたことしでかすかなと思ってた」

むかつく。きのうきょう知り合ったばかりの男にこんな分かったようなもの言いをされ、しかもそれが核心《かくしん》を突いているなんて。手の中にある人形を真っ黒に塗りたくってやりたくなったが、結局は自分の手間につながりそうだったので思いとどまる。そんなしたり顔したって俺の正体すら見抜けてねえくせに、と心の中で見下してどうにか平静を保《たも》った。

そしてきっちり二時間経《た》つと計は「帰る」と立ち上がった。

「お、じゃあ一緒に出ようぜ。牛丼買ってやるよ」

まだ微妙にいびつな自転車を押して歩く都築と連れ立って、計はまた、何でだ、と思う。義務は果たしたはずなのに何おとなしく一緒に歩いちゃってんの？　あれだよ、昨日の牛丼パクられたから――持ち帰り五百円に執着してどうする？　今は大丈夫でも、接触する時間が長くなればなるほどばれる危険は増すのに。

「オワリって何の仕事してんの？」

「言わねーよ」

「ひとり暮らし？」

「てめーにゃ関係ねー」

けんもほろろの返答にも都築はちっとも怒らない。ここ二日の短いやり取りだけで計の性格をすっかり把握《はあく》したとでもいうように。

……やっぱむかつく。都築が右側を歩いているのを幸い、計は右手を振り上げ、ハンドルを握る都築の左手首目がけて振り下ろした――もちろん、手加減はした。

「いった！　何すんだ!!」

「人の個人情報詮索《せんさく》してんじゃねーよ、黙ってろ」

「お前って、誰にでもそうなの？　疲れねえ？」

疲れるさ、疲れるとも。でもそれは誰にでも「そうじゃない」からだ。

「……うるせーっつってんだろ」

テイクアウトの牛丼をふたつ、もちろん袋は別にしてもらった。

「うちで一緒に食うか？」

「帰るに決まってんだろ」

「でもまた来いよ」

前かごに牛丼を置いて、都築は言った。

「三月末には仕上げなきゃだから、急いでる」

「冗談じゃねー。全治二週間だろ」

「二、三週間」

「医者なんか大げさなことばっか言うんだよ」

ひとり、歩き出すと背中から「お疲れ、ありがと」と聞こえてきた。しばらくして来た道をそうっと振り返るとあのママチャリの影も形もなく、ただ見知った夜道がしんしん冷えているだけだ。ちょっとだけマスクをずらし、白い息を吐く。

ついて来ていたら、と警戒したのだ。家を知られたりしたらたまったもんじゃないから。興味本位で人のプライバシーにくちばし突っ込んできやがるから。だから。けれど都築はいない。計と同じように、家に向かっているのだろう。ああよかった。ほっとした。なのに今、いったい何を探して、こんなくそ寒いところで突っ立ってるんだろうか。

「へえ、じゃあ今はスマートフォンで動画を撮影されてるんですか。こと足りるんですか？」

「こと足りない時はあるんだけど、それを何とかするっていうか、その不自由さで逆に面白く作れたりもして……高い機材に憧《あこが》れて、バイトして金貯めた時期もあるけど、今は別にいいやって思う」

「意外な創作の一端《いったん》を拝見しました。あす金曜は、週末のお父さんのために、おうちでも簡単にできる手作りアニメーションを都築《つづき》さんに教えて頂きます、お楽しみに」

「はいカット、ＯＫでーす」

カメラが下がったのを確認してから計《けい》は「すみません」と口元を押さえてちいさくしゃみをした。

「風邪？」

と尋ねてくる都築に往復ビンタでもかましてやりたい。真冬の夜道で十分以上もぼんやりしていたのはお前のせいだ――八つ当たりだけど。

「いいえ、大丈夫です。失礼しました」

撮ったばかりの画《え》をスタッフがモニターでチェックしている間に、都築はぼそりと「悪かった」と言った。

「え？」

まさか心の声が洩れた？　営業スマイルのまま凍りついたが、「前回は」と続いたのですぐ思い当たった。そっちを先に言え、紛《まぎ》らわしい。

「態度悪くて。俺なりの理由はあったんだけどそれは全然あんたには関係なくて——とにかく、すいませんでした」

神妙《しんみょう》に頭を下げる姿に、また違った笑いが込み上げそうになる。まじで謝ってやがんの。真に受けちゃってさ、ほんとバカ——という思いとはまったく無関係に、口からは「そんな」という戸惑いが発せられる。オートモードで戦闘を進めてくれるゲームのキャラクターみたいだな、と時々自分でも感心する。「アナウンサー国江田《くにえだ》計」としてそつなくやっていくための独立したプログラムが内蔵されているとしか思えない。

「謝って頂くようなことはありません、僕は何も気にしてませんから」

「ほんとか？」

「もちろんです」

「そっか」

ほっと、安堵《あんど》のあらわな笑顔に胸が痛んだ。ぴき、と紙も通らないほど細いひびが入ったような。でもそれは本当に一瞬のことだったので無視した。

「友達が謝ればって言ってくれて」

「そうなんですか」

ともだち？　それって俺のことか？　冗談じゃねえ、何勝手に決めてんだよ。

「最近知り合ったんだ、面白いやつで」

「へえ」

「かなり変人だけどな、口汚いし……そうだな、国江田さんなら死んでもしそうにない言葉遣い」

……笑っていいんだか怒っていいんだか分かんなくなってきたぞ。計の心中などもちろん知る由《よし》もなく、荷を下ろしてすっきりしたのか都築は楽しそうだった。

「きょうもあの、アクセント辞典持ってんの？」

「はい、かばんに入ってます。ロケの時はいらないんですが、お守り代わりといいますか、手元にあると安心するので。本番前や、特に緊張している時は適当にめくったりします。不安な時ほど、いつも通りのことをするって大事ですね」

「あんたの声、聞きやすいもんな」

と都築は頷いた。

「角《かど》が取れてるっていうか、すげーまろやかで。でも滑舌《かつぜつ》はっきりしてるし、スピードもちょうどいいし。やっぱそうやって日々勉強してんだな」

当たり前だ。どれだけ研究と鍛練《たんれん》を積み重ねてきたと思ってる。

「とんでもない。まだまだ勉強中です」

「じゃあ俺と一緒だ」

「まさか」

計は目を丸くした――正確には、してみせた。

「都築さんみたいにその道で成功されてる方とでは……」

「いや、何作ったって毎回ああすりゃよかった、こうすりゃよかったの繰り返しだよ。ひとつ成長したと思ったらひとつ課題が見つかって……でもまあ、もの創《つく》る悔しさって、また別のもの創ることでしか晴らせねえしさ」

「……そういういいお話は、カメラが回ってる時に伺《うかが》いたかったですね」

「やだよ」

照れのためか、都築は顔をしかめた。都築は都築で、「オワリ」と「国江田計」だとだいぶ違う面を見せる。まあこの程度、普通の人間なら誰だって――そこまで考えて、自分は「普通」じゃないんだろうかという疑問が浮かぶ。普通じゃないな、それは認める。でもこうしてうまく社会生活を送っている。

「ありのまま」とか「本当の自分」なんて言葉は大嫌いだ。何の手も加えていない素《す》っ裸《ぱだか》の自己が、他者から尊重されるに足る、という思い上がりがどこから湧《わ》いてくるのか計にはふしぎで仕方ない。だから人から好かれうる国江田計のアピールに余念《よねん》がなく、気づけば思考と無関係に適切な受け答えができるまでにがっちりと完成されてしまった。自分という作品に対する満足を、疑わずにいた。

その夜も、「オワリ」として訪問した。都築は扉を開けるや開口一番に「謝った！」というない報告をした。知ってるよバカ。

「ふーん」

「気にしてませんからって許してくれた」

明るい顔と声に、また胸が痛くなった。昼間よりもずっとはっきり。計はそれを、いらいらしているせいだ、と片づけた。余計な仕事増やされて軽く風邪まで引いて、なのに元凶《げんきょう》のこいつが何も知らずに浮かれてやがるから。それでむかついてるからだ。そういうことにしておこう、と。

編集ブースでニュースのプレビューをしながら、モニターを見て計は「ん」と読むのをやめた。

「これ、まずくありませんか」

隣できょとんとしているDに告げる。迂回献金《うかいけんきん》が問題になっている国会議員をカメラが直撃取材している映像。

「マンションに入っていく時、暗証番号押してるとこ映ってますよ」

「あ、ほんとだ。やべーな」

そう鮮明ではないものの、手元を拡大すれば、テンキー4ケタのパスワードなんてすぐに割れるだろう。

「ごめん、モザイクかけてもらうわ、ちょっと待ってて」

「はい」

「よかったー、国江田が気づいてくれて。まじありがとな」

「いえ」

あー使えねえなー。てめーで気づけよ常識だろうが、愚民《ぐみん》。そのネクタイのドット柄全部線で結んでチェックにしてやろうか。脳内で意味のない悪態《あくたい》をつきつつブースを離れ、近くの椅子で新聞を読みながら待っていると「国江田くん？」と声を掛けられた。

「はい――」

顔を上げた瞬間、不覚にも硬直した。どういう表情を作っていいのか分からず筋肉がフリーズしてしまったのだ。

四十がらみの男。見覚えがあるかも、程度の顔。そこまではいい。問題は首から下だ。綿《めん》シヤツの肩にパステルカラーのカーディガンを引っ掛け、ご丁寧にシャツの裾《すそ》を収納したチノパンからさらに目線をパンダウンさせると素足にローファーというでたち。うさんくせえ、以外の印象が出てこない。

そこへ通りかかった古株のスタッフが「あっ」と立ち止まった。

「設楽《したら》さんだー、何やってんですかこんなとこで」

「こんなとこって、俺も一応報道局の一員だから」

設楽？　ということは、こいつが「ザ・ニュース」の総合P？　二十年来の看板番組の社運を賭《か》けた立て直しを命じられたキーパーソン？

「何なんですか、そのかっこは」

「競馬予想外しちゃって、罰《ばつ》ゲームでさぁ、コスプレして会社来いって言われたからこれ『プロデューサー』のコスプレ。どお？」

ああ、それでコントに出てくる「業界人」みたいな……ってアホか？　いや訊《き》くまでもなくアホだな。こんなのがPじゃリニューアルも始まる前から終わったな。つーかうちの会社終わるわ。

「懐《なつ》かしくて涙出そうですけど、何かひと味足りない」

「俺もそう思ってたんだよ」

「サングラスか色つきの眼鏡を頭の上に載せる」

「お、それだ」

設楽はぱちんと指を鳴らした。

「小道具に借りてこようかな」

「用事済ませてからにしたほうがいいんじゃないですか?」

「あ、そうだった」

自分から呼んでおいて、計の存在を失念《しつねん》していたらしい。

「初めまして、設楽です。夕方ニュースの方でも色々プロモーションに駆り出しちゃって申し訳ない。一度ごあいさつしとかなきゃと思ってたもんで。ごめんね、忙しいとこ」

「いいえ。とんでもないです」

その頃にはすっかり冷静さを取り戻していたので、計は立ち上がって悠然《ゆうぜん》と笑みを返した。

「『ザ・ニュース』、楽しみにしてます」

色んな意味でな。

「はは、身内のそういう台詞《セリフ》がいちばん怖いよね」

「初回は、何か特別な企画とかされるんですか?」

「うーん、それがまだ真っ白なんだ、何かネタあったらちょうだい」

「えっ」

おい再来月《さらいげつ》ってあっという間だぞ、とさすがに絶句すると、「うそうそ」と笑われた。

「進行中だけど、情報解禁はもうちょっと待って」

「そうなんですか、待ち遠しいです」

もったいぶりやがって。

「でさ、国江田くん、近日晩めしでも食わない？　俺、ずっとドサ回りだったからこっちの若いアナウンサーと全然交流なくて寂しいんだよね。ロケに協力してくれてるお礼もしたいし」

「お気遣いありがとうございます、僕でよろしければ喜んで」

本音は冗談じゃねーよめんどくせえ、だが直属ではないにせよ上司にあたるのでそう無下《むげ》にもあしらえない。初回は愛想《あいそ》よく従うのが得策だと判断した。

「日にちは設楽さんにお任せします。午後七時半以降なら都合つくと思いますので」

「そう？　じゃあまた詳細決まったら連絡します。邪魔してごめんね、じゃあ――あ」

歩きかけて立ち止まり「こういう服ではこないから安心して」とつけ足した。

「……よろしくお願いします」

どうだか。笑顔を保つのに若干の努力を要した。あのおっさんとふたりでディナー？　滅入《めい》るな、などと考えているうちにＶＴＲの修正が上がってくる。今度こそスムーズに読み合わせを済ませると、Ｄから「国江田、最近さらに上手《うま》くなったな」と褒《ほ》められた。

「そうですか？」

「うん。元からよくできるやつだったけど、ここのところ冴《さ》え渡ってるつーか、一段と磨《みが》きがかかった感じ？　さっきの、Ｖの指摘とかもそうだけど、皆感心してるよ」

「ありがとうございます」

「あれか、私生活が充実してんのか？　彼女でもできたとか？」

「そんなんじゃないですよ」

うっせーよタコ、と頭の中では副音声《ふくおんせい》で毒づいている。

解《げ》せない。まったくもって解せない。何度も繰り返していると、口からぽろっと洩れていたらしい。

「何だって？」

と都築が顔を上げる。

「あ？」

「いや、お前が今言ってただろ。解せねえよって」

「……何でもない」

「へんなやつ。いや知ってるけど」

「余計なこと言うな」

中腰でセットをいじっていた都築が「あー」と背中を反《そ》らす。

「じじいか」

「まじ背中が戻んなくなりそう」

二週間はとうに過ぎた。三週間も。人形の彩色《さいしょく》は全て終わり（と言っても大半は都築が進めた）、素人《しろうと》の計が行ってももはや仕事らしい仕事はなく、都築が作業している横でテレビを観《み》たりネットをしたり持ち込んだ漫画を読んだり、要はだらだらしているばかりだった。とうに腕は治ったのに都築は何も言わない。計も何も言わない。お互いが来いとも来るなとも、あるいは行くとも行かないとも明確にしないままずるずると週何度かの訪問は続いていた。

はっきり言って計にとっては無駄な時間だ。ここで寛《くつろ》ぐと家での日課にしわ寄せがきて焦《あせ》るし睡眠時間は減るし、何ひとつプラスにはならない。帰り道は毎度後悔している。貴重なプライベートを浪費《ろうひ》して何やってんだ俺は、と。そしてもうこんな無駄足はやめようと決意するのに一日経《た》ち、二日経ちすれば自然と都築の家に向かってしまうのだった。おまけに向こうも向こうで「集中してる時ピンポン鳴らされても気づかないかもしれねえから」と不用心に合鍵までよこし、計は受け取ってしまった。

それで、仕事に支障をきたしているかといえばちっともそんなことはなく、身体の調子はすこぶるいいし、きょうだって褒められた。だからこの自堕落《じだらく》なひと時が、今のところ計にいい影響を及ぼしているとしか考えられない。

自堕落。じだらく。らく、楽……そう、楽なせいか、ここにいると。都築はよく話しかけてくる日もあれば黙々と没頭《ぼっとう》している日もあり、極端な時は一言も口を利かない。計がふてぶてしいぶんだけ都築も気を遣わないし、都築に立ち入った質問をされたって計は答えない。こんなに寛げる場所は実家のほかに知らない。でも都築の家でリラックスするのは、普段の自分が溜め込んでいるストレスを認めることでもあり、それがすこし怖かった。

気を紛《まぎ》らわせるため、都築が置きっぱなしにしているコンテをぱらぱらめくる。UFOに乗った宇宙人が出てきて、地球の雑踏《ざっとう》を見下ろし、地球人の暮らしを覗《のぞ》く。そしてぽろりと涙をこぼす――ただそれだけの短いストーリーだ。

「この宇宙人って何者?」

セットに照明を当てて、影の角度をチェックするのに忙しい都築の耳には届かないかもしれないと思ったが、「未来から来た地球人」とちゃんと返答があった。

「地球がもうなくて、他の星に移住した人類の子孫で、こいつひとりだけになったんだ。それで昔の故郷を見てこんなにたくさんいたのか、って泣いてる」

「くっらー……」

「もの創《つく》るやつなんか大概《たいがい》根暗に決まってる」

ちっともそんなふうには見えない。都築は肩幅が広く、よく通る声で話し、笑う時には大きく口を開けて、ロケに通うスタッフとだってずいぶん仲良くなった。でも計がそうであるように、想像もつかない一面がきっとこいつにもあるんだ、と思う。

「で、これのテーマは？」

「え、ねえよそんなの。皆すぐ訊きたがるよな、テーマとかメッセージって。そんな大事か？」

「大事っつうか……」

時間と情熱を使って打ち込んでいる以上、当然内包《ないほう》されているものだと思うだけだ。

「こういうの作りたい、って思ってやるだけ。いっつも。意味なんか別にねえ。ただ作りたい。自分で気づいてないだけで、テーマはあんのかもしれないけど、それは俺が考えることじゃなくて、観た人間が決めりゃいい」

「そんな適当でいいのかよ」

「アニメーションの『アニメ』ってさ」

と都築が言う。

「もともとは『魂』っていう意味なんだって。魂を、これはこう、ってひとつのかたちに決めつけるのは、何かやだ」

語源はラテン語だよな、知ってる。先週お前が言ってた。俺じゃなくて「国江田計」に。

「国江田計」は「そうなんですか」ってちょっと大げさに感心してから「深い言葉ですね」って言っただろ？　そんでお前は、黙って白い歯見せて、何かちょっと「かしこぶっちゃった」って感じで。筒抜《つつぬ》けなんだよ、間抜け。自分の外づらが完ぺきなのか、あるいは都築が鈍《にぶ》すぎるのか、最近はそれも分からない。

「……おい、聞いてんのか?」

「聞いてねえ」

「自分から話しかけといてそれかよ……あー、ここ、次のロケで撮る予定だから手ぇつけらんないな、どうすっかな……」

「お前だって後半独り言じゃねーか」

文句をつけてからふと尋ねてみた。

「ちょいちょいカメラが入ってきて、仕事中断させられたり相手の都合で動かなきゃなんねーのってうざくね」

「向こうだってそうだろ。毎度くそ重たい機材抱えてさ」

最初の一日を除けば、都築はクルーにいやな顔を見せなかった。通っているうちに慣れとともに甘えが生じて何となくだれたり、機嫌の波があからさまになるのはごく普通だが、都築は台本に文句を言わないし「何でそんなことしなきゃなんねーの」とも訊かない。現場の苦労、というのを知っているせいだろうか。

「それに、国江田さんと会うの楽しいから」

今も目の前にいるんだけどな。

「俺、あんまべらべらしゃべるほうじゃないと思ってたんだけど、あの人相手だとつるつるって話しちゃうんだよな。聞き上手つか、聞き出し上手つか」

「へー」

そうだもっと褒《ほ》め称《たた》えろ、とほくそ笑んだっていいはずなのに妙に気乗りがしないというか、テンションが下がった。だって都築があんまりいきいき語るから――ん？　俺はこいつが楽しいとむかつくのか？　何で？　解せねえ。

「あ、そうだ。来週俺、飲みの約束入って夜いねえから。勝手に入っててもいいけど、帰り何時になるか分かんねーぞ」

「は？　納期抱えてる分際《ぶんざい》で余裕だな」

「仕事の一環《いっかん》だっつーの」

「どーせ途中からキャバとかに流れんだろが」

「先方次第じゃねーの」

何だその曖昧《あいまい》な返事は。誘われたら行くんかい……またいらっとしてしまった。沸点《ふってん》はかなり低いけど、おかしいな。

「お前、キャバ行ったことある？」

「あったらどうなんだよ」

「うそっ、あんの？」

「俺だって仕事で連れてかれたんだよ」

「へー。キャバ好き？」

「なわけねー。酒はまずいわ女はひどいわ、その上あいつらもてなす気なんかねーだろ。『何か面白いお話してぇ』じゃねえよブス」

「でも女がしゃべったってお前のことだから聞いてないんだろ」

「当たり前だ、赤の他人が飼ってる小型犬の話なんか聞いて何の得になるんだよ」

「じゃあどうしようもねーじゃん」

都築はけらけら笑ってから「オワリって彼女いんの？」と訊いた。

「まあ、どうせ答えねんだろうけどな」

「じゃー訊くな！」

「興味あんだって」

「……いねーよ。女なんかめんどくさい」

「じゃあ彼氏か」

「もっとねーわ」

「女も男も嫌いでどうすんだよ。……ひょっとしてお前って自分しか好きじゃねーの？」

「ほっとけ！」

ソファにあったくたくたのクッションをとっさに投げつけた。

「おい、危ねーよ。俺はともかくセットにぶつけんな」

都築はあっさり受け止めて苦情を言ったが、計は構わずその横をすり抜け、外へ出る。

「あ、おい」

引き止める声を無視して帰った。うっせーボケ。てめーなんか俺に気づきもしねえくせに、好き勝手言いやがって。コートのポケットがほころびそうなぐらいぐいぐい手を突っ込んでずんずん歩いた。

自分しか好きじゃない。ああそうですよ。だって他人はうっとうしい。他人は頭が悪い。他人は思い通りにならない。いいことなんてひとつもない。なのに何が悔しいって、都築に言われた瞬間、自分が間違っているような気にさせられたことだ。いまいましい。

誰かに命じられて「いい子」を演じてきたわけじゃない。ただ、物心ついた頃から「利発《りはつ》そう」とか「優しそう」と言われてきて、子ども心にああそういうものかとご期待に応《こた》えてやっていたらいつの間にか大人になっていた。口が悪いのも意地が悪いのも生まれもった性格だと思っているし、誰のせいにするつもりもない代わり、誰からもつべこべ言われる筋合いもないはずだ。それなのに、あの野郎。

もうあんなところに行かない、と固く固く心に誓《ちか》う。

「いやー、忙しいとこつき合ってくれてありがとう」

設楽はにこにこと上機嫌だった。

「ふたりとも」

「いや」

「いえ」

控え目《ひかめ》に口角《こうかく》を上げてシャンパングラスを傾ける。丸テーブルの、きっちり一二〇度ずつに配置された席には計と、設楽と、それから都築が座っている。仕事ってこれかよ。「国江田計」として顔を合わせるのはやむを得ないと割り切っているが、不意打ちで目の前に来られると先週の怒りが再燃《さいねん》した。あー、おもっくそ鼻フックしてやりてえ。そんな思いなど知る由《よし》もなく都築はネクタイの首元をきゅうくつそうにいじっている。

「店の名前事前に聞いといてよかった、普段着で来てたら入れてもらえないとこだよ。どーしちゃったの設楽さん、本社で偉いさんになっちゃったからめしの趣味も変わった？」

「いやいや」

苦笑する設楽も、今夜は宣言通りスーツを着ている。

「ブランク長いから、東京の店全然分かんなくて、秘書室勤務の子にお願いしたんだよ。国江田くんと一緒だってぽろっと洩らしたら、えらく張り切って、いいお店探しますから！　って」

結果、一軒家の隠れ家風《かくれがふう》フレンチ。

「俺は炉端《ろばた》とかがいいなあって言ったんだけど、うちの大事な王子様をそんなとこに連れて行っちゃ駄目ですって叱られちゃった」

「僕は別にどこでも……」

口の中でお上品に弾《はじ》けるシャンパンの微泡《びほう》が物足りない。冬でもビールを飲みたい派なのに。

「潮《うしお》くん、順調に進んでる？」

「まーまー、つかちょっとは見に来れば？　Ｐなんだから」

「お楽しみにしようと思って。夕方のＶ見てたら大体のところは分かるしね」

「んなこと言って、完パケ納品《のうひん》してからクレームつけても無理だからな」

「大丈夫。俺は君のファンだし、この件に関しては好きなようにやっていいって言われてるから」

設楽の言葉からは本気の信頼が、そして砕《くだ》けた都築の口調からは親愛が伝わってきた。きっと、前一緒にしたという仕事が、お互いよほど楽しかったのだろう。

何だよ和気《わき》あいあいとしやがって。だったら、最初っからふたりだけでめし食えばいいのに。大体こんなちゃらいおっさんがＰじゃ秋の編成《へんせい》で即再リニューアルして黒歴史にされる可能性なきにしもあらずだって分かってんのか？　したらお前があくせくこしらえた映像もすぐお払い箱だし……いやまあ俺には全然関係ないけど。こいつが誰とつるもうがこいつの作品が粗末《そまつ》にされようが。

「国江田くん、飲み物のお代わりは?」

「え? ——ああ……」

設楽に声をかけられて、うまいとも思わないシャンパンを飲み干していたのに気づいた。

「意外にいい飲みっぷりだなぁ」

「すみません、喉《のど》が渇《かわ》いていたもので……では、白を頂いてもいいですか。銘柄《めいがら》はソムリエの方にお任せします」

平常心平常心、と言い聞かせつつ無害な相づちに終始《しゅうし》していると、スープが運ばれてくるタイミングで不意に都築が口を開いた。

「国江田さんてさ」

「はい」

「何でアナウンサーになろうと思ったの?」

「突然ですね」

「いや、前から訊きたかったけど、ロケで来てる時はそんなべらべらしゃべる暇もないし」

俺は知ってるよ、と設楽が口を挟《はさ》んだ。

「国江田くんは想定外だったんだよねー」

「……よくご存知ですね」

「有名な話だもん。系列局中の人間知ってんじゃない?」

余計なことを。

「想定外って？」

都築の眼差しにかすかな熱がこもった。もちろん単純な興味と好奇心に過ぎず、計もそういう目で見られるのは慣れっこだ。でもどうしてだろう、妙に落ち着かなくて視線を外してしまう。

「もともと、一般社員の部門で試験を受けたんです。特にこれという志望動機もなくて、本当に、数ある受験先のひとつというだけの話でした。なのに最終の社長面接で、いきなりアナウンサーをやってみないかと言われたので面食《めんく》らいました」

アナウンス部門とではエントリーシートも選考内容も全く違う。だから最初は、その唐突な申し出への答え方こそが最終関門《かんもん》なのかもしれないと勘繰《かんぐ》った。

「まじだったんだ」

「そうですね」

「才能があるって思われたのかな」

どうでしょう、と困ったふうに眉尻《まゆじり》を下げてみせた。

「その年のアナウンサー志望者にどうしてもぴんとくるのがいなかったそうですが……。どうして僕なんですかと訊いたら、『鼻濁音《びだくおん》がきれいに出てる』とは言われました」

「ビダクオン？」

「かいつまんで言うとね、ガ行の音を、ちょっと鼻から抜ける感じに出すんだよ」

とまた設楽が補足した。

「大げさにすると『んが』って。俺は本職じゃないから全然できないけど。言葉の始めにガ行がつく場合はただの濁音で、普通に発音するんだ。例えば『学校』とか『銀行』とか。でも『小言』とか『落雁《らくがん》』は鼻濁音。もっと細かい決まりが色々あるけどね」

都築は不可解そうに首をひねる。

「何か意味あんの、それ」

「意味っていうか、ちゃんと鼻濁音をマスターしてない声はがさつに聞こえる。習得した人間と聞き比べてみな、全然違ってて驚くから。ま、うちのアナウンサーも最近は発音ガタガタのやつばっかりだけど……国江田くんはどっかで習ってたの？」

「いいえ。意識したこともありませんでしたし、僕自身その時初めて『鼻濁音』という概念《がいねん》を知ったぐらいです」

「なるほど、それで社長が原石《げんせき》に飛びついたわけだ」

「さあ……」

「あ、ごめん。電話入った。ちょっと外出て話してくるから、そのまま食べてて」

設楽が抜けてしまうと、ますますどこを見ていいか分からなくなる。

「アナウンサーやれって言われて、断んなかったのは何で？」

そりゃあ就活《しゅうかつ》なんてとっとと終わらせたかったし、待遇面《たいぐう》ではここがいちばんよかったし、何をやらされようが落ちこぼれるなんてのはありえないという自信があったから――。

「ひとつのチャレンジかな、と思いまして。何百人ものアナウンサーを見てきたプロが目をかけてくれたのは光栄でしたし」

「そっか。俺、鼻濁音とかってやっぱぴんとこねえけど、国江田さんの言葉はやわらかく耳に入ってくるなって思ってたよ。そういうのって単純に声がいいだけじゃなくって、素人には分かんない色んなツボがあるんだろうな。あんた、ほんとすげーよな」

「そんな大したことは――」

顔を上げると、都築はゆるりと目を細めて優しく笑っていた。

人から持ち上げられて当然、褒め言葉なんて空調のように計を取り巻き、快適にさせてしかるべきもののはずだ。なのにその時、謙遜《けんそん》の文句が続かなかった。頭の中が真っ白になって、思考というカロリーを皮膚《ひふ》で消費しているみたいに顔がかーっと赤くなるのを感じた。さっき反省したばかりなのに、ごまかしたい一心でワインを一気にあおる。

何だよこいつ、うっとり見つめてくんじゃねーよ、「オワリ」には絶対そんな顔しねえくせに……いやそうじゃなくって。何だよ俺は。何でいつもみたいにさらっと受け流せないんだよ。

「国江田さん？　大丈夫？」

「あの！」

「なに？」

「……今度は、都築さんがどうして今のお仕事を志《こころざ》したのか伺ってもいいですか？」

会話の主導権を握って、自分のペースを取り戻さなくてはいけない、こんなのは国江田計じゃない。

「俺？　俺こそ別に何も。勉強苦手でさ、授業中パラパラマンガばっか描いてたんだよ。辞書一冊使うような大作を。それの延長でずるずる今に至るみたいな」

「三つ子の魂《たましい》、ですね」

「進歩がないんだ」

「そんなことないですよ。『ザ・ニュース』のＯＰ、拝見するのが楽しみです」

「ありがとう」

都築はまた笑ったが、多少の免疫《めんえき》ができていたためか落ち着いていられた。すると今度は何をすかしてんだか、という意地の悪い気持ちが頭をもたげてきて、計は「お友達とは最近どうですか」と尋ねた。

「え？」

「ほら、以前言ってらした」

「ああ……」

あいつね、と苦笑し、とうとうこらえきれなくなったのか、ネクタイを取ってポケットに突

っ込んでしまう。

「怒ってるっぽい」

「そうなんですか？」

「何の気ない一言だったんだけど、地雷《じらい》だったくさいな」

「大変ですね」

「や、別にいいけど」

何だそのぞんざいな態度は？　もっと気にしろ。ネクタイで喉元《のどもと》締め上げてやりたい。

「友達っつっても、名字と携帯番号ぐらいしか知らねーんだ。訊いてもキレるか無視るかだし。向こうはそんなの教えたくねえって思ってんだろうな。ふらっと来て、だらだらしてふらっと帰るだけだし。野良猫みたいで何考えてんのか全然分かんねーや」

都築は寂しげだった。計はびっくりして、それから後ろめたくなる。だっていつもどうでもよさげに訊くから、まともに答えなくても、気にしてなんかいないだろうと思っていたのだ。まじならまじって言ってくんないと。そうしたら俺だって鬼じゃないから——……詳細に「オワリ」のプロフィールを設定し、ぼろを出さない程度に話してやった。そのほかの選択肢《せんたくし》は、ない。

でも、それでいいのか？　それっていいのか？

「何でだろうな」

魚料理にナイフを滑《すべ》らせながら都築はつぶやいた。

「俺、ひとりで作業すんのが好きなんだ。少なくとも自分ではそう思ってた。でも、あいつが何をするでもなくうちにいて、漫画めくる音がしたり、テレビにひとりで突っ込んだり舌打ちしてんのが聞こえたり、特に意識するわけでもなくそういうのをＢＧＭにして手ぇ動かしてると、すごく楽しいつか、落ち着く感じがしたんだ」


……腹減った。

家に帰ると、まず思った。

二時間かけて満喫《まんきつ》したフルコースは別に少なくなかったのだが、量でもなく質でもなく、傾《けい》向《こう》というか、要はお上品すぎて胃袋より舌が物足りない。あいにく食料のストックもなかったのでいつものユニフォームに着替え、コンビニでスナック菓子でも仕入れてくるか、と算段しているとプライベート用の携帯が鳴った。

「……なに」

母親だと思い込んで出たら、「あ、やっと当たった」と都築の声が聞こえてきて絶句した。

『三件間違えたけど、俺の記憶力も捨てたもんじゃねーな……なあ、まだ怒ってんのか？』

「ああ？」

驚きが腹立ちに変わる。何で俺が悪いみたいに言われてんだよ。

『悪かったよ。こないだは』

「許さねえ」

『まー、それでも謝るだけ謝んねえとさ。お前の教えに従って』

「ハイパーむかつくな」

『はは』

「何の用だよ」

『焼き鳥食いにこねえ？　ほら、ずっと前言ってた店の、買ってきたんだ。いいめし食わしてもらったけど、何か食った気がしねーんだよな』

何で同じこと考えてんだか。計は一拍《ぱく》置いて「行く」と答えた。


やべ、マスクしたままじゃ食えねーじゃん、と気づいたのは間抜けにも現地についてからだ。仕方がない。自分のぶんを勝手に選んで皿に取り、都築に背中を向ける。

「おい何だよ、まじで怒ってんの？」

「食うとこ見られたくねーから！」

「何で」

いやなもんはいやなんだよ、とつっぱねようかと思ったが、レストランでのやり取りがよみがえり、計はささやかなうそをつけ足した。

「歯並び悪いんだよ。すげー乱杭歯《らんぐいば》なの。だからマスクしてんの」

「風邪予防かと思ってた」

「それもあるけど。だからお前、冗談でも覗き込もうとか思うなよ。俺、傷つくから」

怒るから、より有効そうな表現で釘《くぎ》を刺すといつになく神妙《しんみょう》に「うん」と返ってきた。よしよし。都築と背中合わせでとろみのあるたれのたっぷり絡《から》んだ鶏肉《とりにく》をかじり、これこれ、と幸せに浸《ひた》る。こーゆーのが食いたかったんだよ。炭火で焦《こ》げた苦味《にがみ》も最高。やけにからいねぎが混じっていて、鼻まで刺激が突き抜けてくしゃみが出たりしたけれど、気にせずしばし没頭《ぼっとう》する。

「オワリ」

「何だよ。忙しいんだ、邪魔すんな」

「さっきの話だけど、歯、直さねーの？　気にしてるんなら今からだって矯正《きょうせい》すりゃいいじゃん。痛いらしいけど」

「……別にいい」

「何で？　金かかるんなら俺、貸してやるけど？　あ、でもお前持ってんだっけ」

「は？　アホだろお前。よく知りもしない人間に軽々しく金貸すとか言うなよ」

尖《とが》らされた鉛筆《えんぴつ》のようにいら立ちがつのった。うそなんだよ。でたらめなんだからいちいち気にかけていらんこと言わなくていいんだよ。やめろよバカ。

「オワリだって初対面で金の話したくせに」

「それとこれとは違うだろ。お前、よくそんなんで個人事業主やってんな。カモられんぞ」

「誰にでも言うわけじゃねーよ」

都築は反論した。

「お前だったら、貸して、たとえ返ってこなくても許せるって気がしたから言ったんだ」

「借りねーし」

「じゃあこの先一生マスクして生きてくのか？」

今度は、頭の中が真っ赤になった。

「そーだよ‼」

背を向けたまま怒鳴り、串《くし》を数本まとめて床に叩きつける。大した音も立ちやしない。

「ずっと！　一生！　マスクしてるよ！　それの何が悪いんだよ？　てめーに迷惑かけたかよ⁉」

自分だけが大事で自分だけがかわいくて自分だけが好きなまま、「国江田計」の笑顔と、マスクの下に本心を押し込めて、一生。それを想像した時、激しい恐怖を感じた。国江田計って誰なんだよ。

お前が会ってたのは、お前が会ってるのは、誰だ？　誰なんだ？　マスクを引き上げ衝動的に表に飛び出そうとしたが、今回は玄関先で捕まってしまった。

「待てって」

「触んな、離せよ」

「落ち着けよ、どしたんだよいきなり」

「いきなり帰りたくなったんだよ、文句あんのか」

「文句じゃなくて、どうしたって質問してんだろ。そんな、いきなりキレるようなことか？　立ち入ったこと訊かれてむかついたにしろ、そりゃねえだろ」

「うるさい！」

「オワリ！」

「うるさい！　うるさい！　うるさい！」

そんな名前じゃねえよ。でも「国江田さん」でもない。あれ？　怖い。ばらばらになる。髪型、表情、仕草、話し方。カレンダーみたいにきちんと順番通り綴《と》じられていた「自分」がほどけて、散らばってしまう。何でだ。どこでほころびたんだ。あの夜お前に会ったからだ。お前が全部悪い。耳を塞《ふさ》いだ両手を取られる。都築の爪《つめ》にはところどころ塗料《とりょう》がこびりついていて、粘土《ねんど》でできた魂のないたくさんの人間や、ひとりぼっちの宇宙人を思い出すと、意図《いと》しない涙が突然こぼれた。

「おい」

「お前のせいだ……」

人生に不満はなかった。容姿も仕事も上々で、自分だけのささやかな秘密さえ守れればよかった。仮面の下の素顔で誰かと関ろうなんて思わずにすんだ。自分のいびつさと向き合わされずにすんだ。都築にさえ会わなければ。

「それならそれでいいけどよ。何がどう悪かったのかぐらい教えてもらわないと反省もできねえ」

言えるわけない。今までのすべてがめちゃくちゃになる。

お前が褒《ほ》めちぎってる国江田さんは性格最低でだらしがなくてうそつきなんだって、お前が作る人形やセットより空虚《くうきょ》な張りぼてなんだって打ち明けたら、きっとお前は怒って、軽べつして、俺のことなんか許さない。

マスクの下で唇をきゅっと引き結び、黙ってかぶりを振った。食い込みそうなほど都築の手に力がこもる。

「俺ってそんな信用できない？　腹割って本音なんか言えねえって？　じゃあ何でその程度の相手んとこに通ってきてたんだよ」

計が黙っていると、都築はくしゃっと顔をゆがめる。憤《いきどお》りとか悔しさとか悲しみが、混ざりきれない絵の具のようにマーブル状に渦巻《うずま》いているのが分かった。

「そら、初めに無理やり引っ張ったのは俺だよ。でもその後もお前、来たじゃん。することなくなっても。それって楽しかったからじゃねえの？　俺は楽しかったよ」

楽しい？　楽《らく》じゃなくて？　楽しいと楽ってどう違うんだっけ？

「楽」

と計は口にする。

「え？」

「俺は、楽、だった」

「今は違うのか？」

「違う。……考えたくもなかったことで頭ん中がごちゃごちゃしてくる。お前のせいだ」

「考えたくなかったことってどんなこと？」

「言わねぇ」

「言え」

「何で」

「知りたいからだよ。お前のことちゃんと分かりたいからだよ」

ぼさぼさの前髪の間から、都築の目を覗く。「国江田さん」にも「オワリ」にも見せたことのない新しい色をしていて、ああきれーだな、と混乱の反動でぽっかり凪《な》いだ頭で考えていると、それはみるみる近づいてきて、傍《そば》にきすぎて見えなくなった。マスクの不織布《ふしょくふ》が、唇に押しつけられる。いや正確には、布越しの、都築の唇。うすっぺらい膜を隔《へだ》てているせいで、却《かえ》ってそのやわらかさや体温を強く意識した。繊維《せんい》の目をすり抜けて届いた息の熱さに計の身体がちいさくふるえた。

その時、耳の後ろに都築の手がかかった。マスクを外される、と思った瞬間、計はあらん限りの力で横っつらを張っていた。

「つっ……！」

「何考えてんだ、この変態がっ！　ゲロ吐きそうだよバカ！」

そして、ビンタのダメージから都築が立ち直る前に外へ出て人生最大の全力疾走《しっそう》をした。心臓が膨《ふく》らむ。心臓が痛い。心臓が苦しい。もっと痛くなれ、と思った。そうしたら他のことを考えずにすむから。

翌日、出勤するなりアナ部の部長に「国江田《くにえだ》、ちょっと」と呼ばれた。

「はい」

連れて行かれたのは喫茶室でも応接スペースでもなく会議室、その時点でいやな予感がした。

人に聞かれたくない話。でもその心当たりが皆無《かいむ》だ。

「ああ、おはよう。ゆうべはどうもありがとう」

しかも中には設楽《したら》が座っていて、予感はますます濃くなった。

「いえ、こちらこそ、ごちそうさまでした」

設楽だけじゃない。編成局長に報道局長に営業部長、幹部連中が朝っぱらから雁首揃《がんくびそろ》えていったい何ごとだ。椅子に掛けると、口火を切ったのは設楽だった。

「ちょっと困った事態になってってさあ、あ、国江田くんがどうこうっていうんじゃなくてね、君は何も悪くない」

それなら、何で密室に呼び出す？　隣の部長を窺《うかが》うと、弱り切った表情で言った。

「麻生《あそう》が入院することになった」

「……は？」

「初期の胃がんだそうだ。幸い、命に関わるレベルじゃないらしいが、病気が病気だけにしばらく治療に専念させなきゃいかん」

にわかには信じられなかった。ほとんど接点はないものの、アナ部で顔を合わせれば雑談ぐらいはする。計の見る限りでは元気そうだったのに。

大変ですねって言えばいいのか？　他人事《ひとごと》くさいな。他人事だけど。頑張ってください。違うな。復帰《ふっき》を心よりお待ちしています？　いや本人ここにいねーし……適切なコメントを探し出すより早く、設楽が「それでね」と言った。

「夜ニュースのピンチヒッターを国江田くんに頼みたいと思って」

「え？」

「色々考えたんだけど、いや熟考《じゅっこう》する時間もないんだけどね。俺の中では君しかいないなという結論に達した。ほら、圭一《けいいち》と計《けい》で名前も近いし」

「もちろん、補佐役にはベテランを配置するつもりだ」

と報道局長。

「……ちょっと待ってください」

やばい、てめーら正気ですか？　と言ってしまいそうだ。頭の中の半紙に何度も「平常心」と書き殴《なぐ》りつつ口を開いた。

「あの、僕は今夕方ニュースを」

「三月末で卒業してもらう」

設楽はこともなげに答える。

「ほんとはきょうからって言いたいとこだけど、引き継ぎの問題もあるしね。あ、都築《つづき》くんとこのロケはもういい。別の人間に行かせる。何しろ放送開始まで一ヵ月切ってるもんで、こっちも余裕がない。突貫《とっかん》で段取り詰め込んでもらわないと」

おっさん無茶ぶりも大概《たいがい》にしろや。夜ニュースのメインMCなんか無理無理、絶対無理。ありえない。救いを求めるように設楽以外の面々を見たが、全員眉間《みけん》にしわを寄せて無言で腕組みしている。設楽の案に乗るしかない、と思っているようだった。

「どうして僕を？　番組丸ごとの司会なんてやったことがありません。ほかにもっとふさわしい方がいらっしゃるんじゃ……」

ささやかな抵抗を試《こころ》みるも、返す刀で「例えば誰？」と訊《き》かれると言葉が出ない。この状況の中、ひとりにこやかにしていられる設楽はひどく気味が悪かった。

「うちに麻生圭一の代わりなんていない。知名度、技術、華、誰を選んでも何かが欠ける。だけど層のうすさを今さら嘆《なげ》いたって仕方がない、だったら俺は君のポテンシャルに賭《か》けたい」

そんな言葉にだまされるものか。

「……麻生さんが治療を終えて復帰されたら、僕は夕方ニュースに戻ることになるんでしょうか？」

編成局長が「分からん」とむっつり答えた。その実、計にとって都合が悪いから「未定」にしておこう、という空気は明らかだ。

「復帰後よりまず来月に向けてのことを考えろ。午後には社の内外に麻生の件を発表する。もちろん国江田の登板《とうばん》もセットだ。あすの朝刊、特にスポーツ紙には大きく載ると思う。君に言うまでもないだろうが、社外での振《ふ》る舞《ま》いにはこれまで以上に気をつけるように」

はい、と応じた自分の声は、機械みたいだった。

「あと、あした空《あ》けといてね、国江田くんのせいじゃなくて申し訳ないけどお詫《わ》び行脚《あんぎゃ》に回ってもらうから」

ごめんね、と設楽は白々《しらじら》しく両手を合わせた。

「どちらへ？」

「各政党本部。まあ、会えやしないと思うけど、アリバイ作りね。筋は通しとかないと」

「筋？」

「あー、まだ言ってなかったか。第一回放送日は特別企画。与野党《よやとう》党首が一堂に介しての討論《とうろん》をたっぷりお届けします。国江田くん総理大臣てナマで見たことある？　ない？　よかったねえ」

一方的な通達ばかりで、消化どころか飲み込めもしないまま解放された計は、普段通りに正しい姿勢でゆっくり歩き、すれ違う人々と柔和《にゅうわ》にあいさつをかわした。

そして、この時間帯使われていないスタジオの向かいにあるトイレの個室にそっと入り、流水音のボタンを押すと思いっきり壁を蹴《け》りながら「死ねっ!!」と叫んだ。

ふざけんなよ勝手なことばっかり言いやがって完全に貧乏くじじゃねーかよ俺。今まで、全方位に気を遣いつつまあまあ快適に暮らしていた古巣からいきなり退去《たいきょ》させられ、立派ではあるが家賃のバカ高い豪邸《ごうてい》の、ハウスキーピングだけをしろと言う。上層部の命令は要するにそういう意味だ。本来の家主《やぬし》が戻ってきたら計の居場所はどこにもなくてホームレス。

数ヵ月持ちこたえられそうで、もし失敗してもどこかで再起《さいき》のチャンスはありそうな年齢で、素行《そこう》がよろしく、かつごねそうにないアナウンサー、を吟味《ぎんみ》した結果が自分だったのだろう。白羽《しらは》の矢って、もとは生《い》けにえに選ばれるって意味だったんだっけ。ぴったりだ。

スタート直前のMC交代、麻生圭一のファンはそこでまず離れるか。むしろ話題になって初回の視聴率はそこそこ取れるか。しかし二日目、三日目とどうなっていくか分からない。もし局の期待通りにいかなければ「役者不足」のレッテル、よしんば数字を上げたところでただのつなぎには変わらない。どう考えてもひとつも得しない。野心に燃えるタイプならまだよかったのかもしれないが、局の看板になる気なんてさらさらない。だって面倒じゃないか。そこそこ顔と名前が売れていて、そこそこの仕事さえ与えられていれば満足だったのに。

理不尽極まりない。でも計に拒否権はない。ただの会社員だ、社命とあらば首を縦《たて》に振るしかない。突っ張り通すことは可能かもしれないが、きっとその後はアナ部で自分の椅子を温めるだけの「余生《よせい》」が待っている。アナウンサーだって消耗品《しょうもうひん》にすぎない。毎年若くて可能性のありそうな新人が補充され、上の意向ひとつでレゴブロックのパーツより簡単にすげ替えられてしまう。

家帰りてえ、と流水音のボタンを連打《れんだ》しながら思った。スーツなんか床に脱ぎ散らかして、ジャージで転がって頭をかきむしり、怒りと呪詛《じゅそ》を心ゆくまで喚《わめ》き散《ち》らしたい。

そして、疲れて腹が減ったら牛丼買いに行って、それから――。

都築くんとこのロケはもういい、という設楽の言葉がよみがえってきた。そうですか、せいせいします。もう一切の関わりが切れた。それだけはいいニュースじゃないか？　これであいつのこと考えずにすむんだから。何であそこでチューだよ、意味分かんねえし。ひと晩経《た》ったのに電話もこねえし。謝れよ。俺に。百回ぐらい謝ってもうしませんって約束したら許してやらないでもないのに。

何か言えよ。

「……どいつもこいつも……」

ごく低いつぶやきは人工の水音に紛《まぎ》れて誰にも聞こえない。

「お疲れさまでしたーあ！」

放送が終わるとスタジオの照明がすこし暗くなり、いかにも辛気《しんき》くさいオルゴールのメロディが流れ出した。Ｐがでかい花束を抱えて入ってくる。何つう茶番だよ。内心で吐き捨てながら計は促《うなが》されるままスタジオの真ん中に出て行く。

「えー、皆さんご存知の通り国江田は本日を持ちまして『イブニングファイル』を卒業します。これからは夜ニュースの単独ＭＣということで、何かと大変だとは思いますが、頑張ってください。二年間、本当にお疲れさまでした！」

花って、ひとり暮らしの男の家に花瓶《かびん》の備《そな》えがあるとでも？　くっそ迷惑な。せめてクオカードとかにしてくれよ。にこやかに花束を受け取り、デジカメを構えたＡＤに顔を向けた。番組のＨＰ用だ。解散した後もわらわらと群がってきて一緒に写真撮って下さいだの握手して下さいだの愚民《ぐみん》たちが引きも切らない。

「夜ニュース、絶対見ますから！」

お前んち、視聴率の機械ついてんの？

「ありがとう、お世話になりました」

「国江田さんなら絶対いい番組にしてくれると思うんで！」

てめーが俺の何を知ってるっつうんだよ？

「精いっぱい頑張るよ」

拍手がひどく耳障《みみざわ》りだった。スタジオを出てもアナウンス部長が待ち構えていて「春からは『夜の顔』になってくれよ」と肩を叩いてくる。触んな、皮脂《ひし》がつくから。

「夜ニュースのスタッフも褒《ほ》めてたぞ、勉強熱心だって。このぶんなら大船に乗った気でいて大丈夫だな」

沈みかけたら船長を放り出すだけだしな。

「しかしちょっとやせたんじゃないか？　これから精のつくものでも食べに行くか」

「せっかくですが、このあと夜ニュースの会議が……」

「おお、そうかそうか。売れっ子は多忙だなっ頼んだぞ」

うっせーな黙ってろ。部長の口いっぱいに花を突っ込む場面を想像して何とか溜飲《りゅういん》を下げた。会議室に向かうと設楽が歩いてくる。

「あれ、夕方ニュース最後のオンエアを見守るつもりだったのに、間に合わなかったか」

「今終わったところです」

「残念。ところで花束似合うね」

「ありがとうございます」

「そういえばこないだロケハンで行った病院、生花《せいか》の見舞いは不可って張り紙してあったよ。今はそういうとこ多いのかな」

「かもしれませんね。病院を取材されるんですか？」

「うん、麻生ががんになっちゃっただろ？　シリーズ物始めようかってなってさ。本人の闘《とう》病《びょう》追って、あとは告知の現場、最新医療、病院が見つからないがん難民《なんみん》の苦悩、終末期《しゅうまつき》の過ごし方……」

レジャーの予定でも立てるように、軽々しく指を折る。

「何度やっても数字取るんだよね、がんは。身近だからかな？」

目の前の男に、嫌悪《けんお》と戦慄《せんりつ》を覚えた。一緒に仕事するはずだった同僚の病《やまい》を平然とネタにする。根っからのテレビ屋か。こんな神経なら、すこしでも計が失態《しったい》を犯せばたちまち切り捨てるに違いない。

「……顔色悪いね。若いとはいえさすがに疲れが溜まってるかな?」

国江田くんまで倒れないでね、と言う目は決して笑っていない。


何とか終電には間に合った。電車の中吊りには相変わらず麻生圭一がでかでかと写っている新番組告知のポスター。その隅っこに計の顔が、フキダシの形をしたシールで貼りつけられている。「諸事情により僕がやります!」と頭の悪そうなコメントまでついていて、はっきり言って晒《さら》し者《もの》だ。新しく刷《す》り直すコストを考えて、と説明されたが、こんなふざけたプロモーションも絶対に設楽の主導だろう。自分メインのポスターならいいってわけでもないが、この軽薄な扱い。目を閉じると花の香りが濃く漂《ただよ》ってきて、頭痛がした。

打ち合わせに次ぐ打ち合わせ、リハーサル、ニュースのお勉強。おそらく来月の給与は自分史上最高額になるだろう。散歩の時間があんなに大事だったのに、夜中、ふらふら出歩く暇があったら一分一秒でも長く眠りたいと思うほど消耗《しょうもう》していた。

家に着いた途端、やり残していた仕事を思い出し、ネクタイも解《と》かずにリビングへ向かった。ソファに花束を投げ出し、パソコンの電源を入れる。くだらない、アナウンス部のブログだ。更新の当番を失念《しつねん》していた。めんどくせ。でもちょうどいいや、卒業のことでも適当に書いとけ。えーと、本日の放送をもちまして、夕方の「イブニングファイル」を卒業しました。二年間お世話になり、様々な勉強をさせてもらった大切な番組です。スタッフや共演者の皆さんに心から感謝するとともに、新しい場所でもこれまで以上に頑張って……。

床に脱いだコートの中で、携帯が鳴った。私用のほうだ。都築の顔が脳裏に浮かぶと同時に、こんな余力が残っていたのかと自分でも感心するほど素早く、計はそれに飛びついた。おせーよバカ。こんな非常識な時間にかけてくんじゃねー。

『ああ、やっと出た。あんた最近電話してもずっと留守電だから……』

悪態《あくたい》の用意までしていたのに、母親の声だったので、そのままソファにもたれて床にずるずる座り込む。

「忙しいんだよ」

『そうだろうけど……あんた、大丈夫なの？』

「何が」

不機嫌のあまり、計の声は毛虫みたいなとげをびっしりまとっている。

『夜の番組なんて……しかも麻生さんのピンチヒッターなんて計に務まるの？　そりゃあんたは要領のいい子だけど、いくら何でも……もっと年のいった人のほうがいいんじゃないの？』

「知るか」

いらいらしながら吐き捨てた。

「局に言え」

『言っていいの？　国江田計の母でございますが宅の息子には荷が重いと存じますって』

「アホか！」

『アホとは何よ！』

「ブス！」

『何ですって？　親に八つ当たりするぐらいしかできない内弁慶《うちべんけい》のくせに！　どうせ外じゃにこにこして僕できますとか調子のいいこと言ってんでしょ？　自業自得《じごうじとく》よ』

「てめーのせいだろが！」

『何でよ』

「こんな顔に産むからだろ!?　俺だってゴリラみたいな顔に生まれついてたらもっとのびのびゴリラとして生きてたよ！　でもそうじゃねーから、ちやほやされる人間にはちやほやさせてやる義務ってもんがあんだよ!!」

『あーもう意味が分かんない！　何でハンサムに産んであげて文句言われなきゃなんないの!?あんた何様よ!?』

やめなさいこんな夜中に、と父がたしなめる声が聞こえてきたが、ヒートアップした妻の耳には入らないようだった。

『もう知らない！　そのドス黒いお腹の中身がバレて会社辞めるはめになっても、うちには入れませんからね！』

「あー上等だよ帰んねーよバーカ！」

『母さん、計も、ちょっと落ち着きなさい――』

電源を長押しして切ってしまうとぐったりとコートを下敷きに横たわった。くそ、無駄に喉《のど》使っちまったじゃねーか。ポケットをまさぐって喉飴《のどあめ》を取り出し、口に放り込む。掠《かす》れた声で本番初日を迎えるわけにはいかない。

静まり返った部屋に、かろかろと飴を転がす音だけがした。くせのあるハーブの風味が大嫌いだけど、このメーカーのがいちばん効く。父ちゃんの声久しぶりに聞いたな。きっと今頃「おとなげない」と諭《さと》し、母は「だって計が！」と訴《うった》えているに違いない。喚《わめ》き合《あ》ってけんかして、電話を切った後、母の傍《そば》には父がいるのだ。ぶうぶう文句を言ったって、決して愛想《あいそ》を尽かしたりしない伴侶《はんりょ》が。俺がひとりきりで飴舐《な》めて床に寝てるっていうのに。

「……いやいや」

あまりにいじましい思考に自分で呆れてむくりと起き上がった。気弱になってる場合か。ブログ打って、ニュースチェックして、ちょっとでも寝ないと隈《くま》ができる――ソファの上の花束が、目に入った。「国江田さんをイメージして作ってもらったんです」という、白と淡いグリーンが中心のアレンジメント。

全然合ってねーし。

受け取った瞬間から捨てることだけを考えていたのに、どうしてだろう、くったりとしおれかけたそれが目に入ると計はたまらない気持ちになった。いてもたってもいられず、打ち込んだ文章をすべて消すと、かばんだけ引っつかんでふらふらと外へ出た。

表の通りを右へ進み、ちいさな公園を抜けてコンビニの角を右折。長い横断歩道を渡って薬局が見えたら左に曲がる……シャッターの下りた二階建ての家が見える。行くところなんてないはずなのに、どうしてここへ来てしまうのか。二階の窓は真っ暗だった。寝ているのか、不在なのか、下で仕事をしているのか。ここにいてはいけないのは分かっている。でも家に帰るのもいやで思いつく場所がどこにもなくて。

置き物のように突っ立っていると、背後で甲高《かんだか》い音がききっと鳴った。振り返ってそれが、都築の乗っている自転車のブレーキの音だと分かった。

「……国江田さん」

驚いてるな。何か言わなきゃ、いつも通りに状況を丸く収める言葉を。でもその時自動国江田計モードは発動せず、ぽつりと出たのは「花瓶」という単語だった。

「花瓶？」

「花をもらったんです。きょう卒業だったので。でもうちには花瓶がなくて、夕方にもらった花がもうしなびてきていて、だから、花瓶を買いに行かなくちゃと……」

都築はみるみる困惑を浮かべ、計はやっと自分がかなりおかしな発言をしていることに思い至った。

「あ、違います、忘れて下さい。そうではなくて……急な人事異動がありまして、ごあいさつもできないまま次の人間にバトンタッチせざるを得なくて、申し訳ないと思っていたもので……」

これなら大丈夫だろ。それでも真夜中に家の前で佇《たたず》んでいる理由としてはアウトか？　都築はじっと計を見つめてから「上がれば」と言った。

「寒いし。上に羽織《はお》るもん、着てこなかったの？」

「はい」

数週間ぶりに入る家は、変わりがなかった。撮影のセットが完成したぐらいか。ビル街の谷間に交差する白いボーダー模様、とそれを埋《う》め尽《つ》くさんばかりの人ごみ。

「もう、撮影も編集も終えられたんですよね」

「ああ、いちお設楽さんにも見てもらって、後はちょこちょこパソコンで手直し」

「そうですか……おめでとうございます、というのは早いでしょうか」

「おめでとうはあんたこそじゃねーの？」

「え？」

「司会に大抜擢《だいばってき》だろ？　すげーじゃん。ガキの頃からやってるニュース番組に知ってる人が出るってへんな感じ」

「いえ……」

お前までその話、かよ。憤《いきどお》りを覚える元気もなく、ただへなへなと力が抜ける。

「忙しい？」

「それなりには」

何だろう、この中身のない会話。こんなやり取りがしたかったから、ふらふらとここへ辿《たど》り着《つ》いたのか？

「でも、国江田さんならできると思ったから選ばれたんだろーな」

ど素人《しろうと》が分かったようなことほざいてんじゃねえぞ。ニュース読むのと司会するのじゃ全然話が違ってくんだよ。番組の内容全部把握《はあく》して尺《しゃく》の管理しながら現場の空気作って、出しゃばりすぎても存在感がなくても駄目で、話の合間合間に適切なコメントを差《さ》し挟《はさ》みつつ周りを生かす……しかも生放送、一発目から与野党討論《とうろん》だってよ、自分のしゃべりたいことばっかまくし立てるに決まってる連中の交通整理なんか不可能——と、頭の中では一息に言い返した。でも計は至って穏《おだ》やかに「恐縮《きょうしゅく》です」と答える。

「皆さんそう仰《おっしゃ》ってくださいます」

すごいですね。やったな。国江田ならできるだろ。やっぱりって感じだねえ、結果出すんじゃないかな……計が外向けに繕《つくろ》ってきた顔しか見ていないから、無邪気なほど「できる」と信じ込んでいる。だから計は誰にも言えなかった。不安で不安で、つぶれそうなこと。

眠っても、本番中のスタジオで頭が真っ白になって何も言い出せない夢ばかり見る。言葉は出ないのに数字だけが点滅《てんめつ》しているのだ。五秒間、空白の時間を作ってしまったら「放送事故」になってしまう。急がないと。

ほら、5、4、3、2……いつもそこで飛び起きる。

こんな夢見ちゃって、と冗談としてでも打ち明けられる相手はいなかった。誰に対してもうわべだけで仲よくしてきた。いつも笑って、優しく接して、決して怒ったり叱ったりはせず。だって本音なんて、言うのも聞くのも疲れるじゃないか。今ここに至って母親の「自業自得」という言葉は痛烈に刺さった。

もし、もし内心では怖くてたまらないんです、ってぶっちゃけたら、都築はどうするだろう。おかしな話、自分の心が弱っている現状に、自分で期待していた。偽《いつわ》りすぎて容易に剝《は》がせなくなった仮面を、今なら取れるんじゃないか。

ほら言え、言っちゃえ、ついでに「オワリ」のことも。もうどうなってもいいじゃねーか。すこしでも身軽になってすっきりしたら、やけくそで前に進めるかもしれないし。

心臓の音がはっきり聞こえる。言え、言えよ。これが最後のチャンスかもしれない。許してほしかった。計は心から謝って、そして都築に許されたかった。それが無理でも、人並みにもろいところがあるんだな、と分かってほしい。でないともう、自分を支えきれない。

ちゃんと分かりたいって、言ったよなお前。「国江田さん」にじゃないけど。

計が口を開きかけるのと、都築が片手を挙げるのが同時だった。

「あの――」

「悪い」

「ちょっと今急いでんだ。いじりたいとこいっぱい出てきて。朝にはメドつけないとだから、仕事しててていい？　国江田さんはいたいだけいていいから」

ならおいとまします、とすぐ言えばよかったのだろうが、すかっと空振りさせられた気持ちを立て直すのに少々時間がかかり、都築はさっさと机に向かってしまっていた。

その横顔は、「オワリ」が何を言っても聞いていない、集中しきっている時の都築で、計は駄目だこりゃ、と思った。前は「国江田さん」にはまーまー優しかったのに、きょうは放置ですか。ロケに来なくなったら愛想《あいそ》よくしてやる必要もありませんってか？　何だよ、「国江田さん」だとも知らずキスしやがったくせに。そもそも、お前のせいで俺はおかしくなり始めたんだって分かってんのか？　分かるわけねーよな。

帰るタイミングを完全に失ってしまって、計は仕方なくソファに掛けた。安物の合皮《ごうひ》が身体の下できゅっとちいさく鳴る。ひどく懐《なつ》かしかった。どうせこっちなんか見やしねえから、いいか。前、よくしていたように計は行儀《ぎょうぎ》悪く寝転がって勝手に話し始めた。

「旭《あさひ》テレビに採用が決まってから、同期の女の子に呼ばれたんです。アナウンサー内定者の懇《こん》親会《しんかい》があるから来ないかって」

案《あん》の定《じょう》、何の反応もない。別にいい、と思いながら続けた。

「行ったら、皆が僕をじろじろ見てました。珍しい動物みたいに。アナウンサー志望の人たちって、キー局から地方のケーブルテレビまで、全国を巡《めぐ》るんです。ちょっとしたキャラバンですよね。どこかに内定をもらっても、本命の局を諦めきれなくて浪人したり……だから僕だけがそういう輪の外から突然ぽんっとやってきたわけで、異端《いたん》扱いでした」

逸材なんだって？　俺も旭の最終までいったんだけどねーとあからさまにやっかまれた。実は芸能人の隠し子なのかとかスポンサーの息子なのかとか不躾《ぶしつけ》に訊かれもした。冗談じゃない。生まれも育ちもれっきとした庶民《しょみん》、素材をたゆまぬ努力で鍛《きた》え続けてここまできたのに。

「僕は、アナウンサー養成学校に通っていたわけでも、放送部でセミプロみたいな活躍をしていたわけでも、オリンピッククラスの実績が何かあるというわけでもなく、上の閃《ひらめ》きといえば聞こえはいいですが、要はただの気まぐれで、本来は数千倍の競争を勝ち抜かなきゃいけない職業について……一度も後悔しなかったと言えばうそになります。でももう戻れないから、『なりたくてなった』人たちに負けたくない、失敗して『所詮《しょせん》えこひいき枠《わく》だから』なんて言われたくないって必死で、いつだって僕は……」

肩を揺さぶられた。

「国江田さん、もう六時だけど」

「えっ？」

一瞬で血圧が上がり、がばっと起き上がるといつの間にか首まですっぽり掛けられていた毛布がずれる。

「あ――」

都築の顔を見た途端、ゆうべの経緯《けいい》を思い出した。自分語りをしているうちに寝入ってしまったのか。夢も見ずにぐっすりと。

「すみません、ご迷惑を――」

「いや、俺もほったらかしてたから。コーヒーでも飲む？」

「いえ、帰ります」

「じゃあちょっとだけ待ってて」

都築は二階から、陶器《とうき》の花瓶を持ってきた。

「これさ、陶芸かじってる連れがくれたやつだけど、よかったら使って」

「……ありがとうございます」

しらじらと明るんできた早朝の街を、でかい花瓶と一緒に歩いた。肉厚《にくあつ》でふちがびろびろと広がった、できがいいのか悪いのか分からないしろものだった。花は出かける前よりさらに弱っていたが、花瓶に水を入れて活《い》けると、ほんのすこし力を取り戻したように見えて、ほっとした。

やれることは全部やったと思う。俺以外のやつが俺の立場で抜擢《ばってき》されたとして、俺ほどまじめにはやってこなかったはずだ――進行台本を見ながら、計《けい》はただそれだけを自分に言い聞かせていた。午後九時。あと一時間で本番が始まる。

「先生方、玄関にいらっしゃいました」

「はい」

ＡＤの声に立ち上がると、設楽《したら》に止められた。

「どこ行くの」

「え、入口までお出迎えに……」

「行かなくていい」

「でも」

「社長以下がぞろぞろ行ってる。お偉いさんなんてこんな時のためにいるんだから君は君のことをしてなさい。偉そうにする必要はないが、ＭＣなんだ。国江田《くにえだ》計の番組だ。堂々としてろ」

この男が、長年地方で干《ほ》されていた理由が分かる気がした。これじゃあ上にはかわいがられねーわ。見習う気はないが、素直にすごいなとは思った。

「国江田さん、そろそろメイク室のほうへ……」

「分かりました」

朝から、社内全体が何となくそわそわしていた。人の出入りが激しくガードマンも増員され、報道フロアのゴミ箱まで不審物《ふしんぶつ》がないかチェックされていた。要人《ようじん》が来るのだ、という緊張感がそこかしこにみなぎっている。

顔と髪の準備をしてスタジオに入ると、もう社長を筆頭《ひっとう》に重役が勢ぞろいだった。技術スタッフがひそひそとささやき合っている。

「こんなオールスター見んの、新社屋《しんしゃおく》の火入れ式ん時以来だな」

「色んな意味で命かかってるもんな。これ、下手《へた》打ったら放送免許取り消されたりして」

「笑えねーよ」

計は、照明の明るさに目を細めた。スタジオってこんなに明るかったっけ？　逃げ場がない──いや、逃げるとこなんてないよ、最初から。「国江田計の番組」ということは、何が起ころうと自分ひとりで対処《たいしょ》しなければならないということだ。

あのMC席に座って、十時になったら泣いても笑っても約一時間、誰も代わってくれやしない。床を這《は》うカメラの黒いケーブルが、急に蛇《へび》のうねりに見えて鳥肌が立つ。こんなの、今まで気にしたことなかったのに。カメラはクレーンを含めて八台。夕方ニュースの倍だ。八個の眼が自分を捕らえ、その画《え》はリアルタイムで日本中に流れる。何百万、何千万の目に届く。うろたえたり、噛《か》んだり、醜態《しゅうたい》をさらしても、逃げも隠れもできずに。

額《ひたい》にじわっと汗がにじむのを感じた。余計なこと考えるな。失敗のイメージを持つな。大丈夫だ。オープニングで十五秒。それからカメラはセットを舐《な》めて自分に、そこであいさつ。

こんばんは……こんばんは、それから？　あれ、何て言うんだっけ？

「ちょっとすみません」

スタジオの片隅にある長机に置かれた進行台本に手を伸ばしたが取りそこなってしまう。

「大丈夫ですか？」

近くにいたADが拾い上げて差し出す。受け取る手が小刻《こきざ》みにふるえていた。初鳴《はつな》きの時だって緊張などしなかったのに。落ち着けってば。台本を読み込まなきゃ。

「すみません」

こんばんは、本日より新しいかたちでの「ザ・ニュース」を皆様にお届けします。第一回の今日は、日本の政治をになうかたがたにおコシイタダキマシタ、CMノアト、サマザマナテーマニツイテホンネデイケンヲオウカガイシマス……読めてはいるのに、ちっとも頭に入ってこない。何度も見た悪夢の光景がこの上なくリアルに浮かんできた。言葉を忘れてしまったかのように呆然としたまま、しらじらとした照明を浴びている自分。

「すいません、そろそろマイクつけさせて頂きます」

音声スタッフがピンマイクを持って近づいてくる。いやだ。計はとっさに数歩後ずさる。

「あの——」

「あ……すみません。もう一度だけトイレに行ってきてもいいですか?」

「どうぞ」

スタジオから誰もいない廊下に出ると、作り笑顔はたちまち崩《くず》れて顔が強張《こわば》った。ワンフロア上のトイレに入り、個室の鍵を閉めるとふるえは一気に全身に広がり、歯の根が合わなくなった。怖い。無理だ。できない。

このまま辞表置いて逃げて、ほとぼり冷めるまで海外で暮らすっていうのは?

今すぐ盲腸《もうちょう》とかなんねーかな。暴漢《ぼうかん》が入ってきて程よい怪我をさせてくれるとか。死人が出ない程度の火事になるとか。

現実逃避している間にも時間は過ぎていく。九時四十分。そろそろスタジオに戻らないとスタッフが焦《あせ》り始めているだろう。でもどうしても足がすくんで動かない。なす術《すべ》なく携帯の時刻表示をにらんでいると液晶がふっと暗くなり、慌ててつける。その繰り返しでまた一分、二分と過ぎていく。

どうする?

行くも戻るも袋小路《ふくろこうじ》、ならもう行かなくてもいいんじゃないか? でもここにいたっていつか見つかるし、こっそりと局の外に出るというのは不可能だ。でも、でも……逡巡《しゅんじゅん》の間にも、ふっと画面が暗くなる。

しかしその一瞬後、振動《しんどう》しながら赤い着信ランプを点滅《てんめつ》させた。

「うわっ!!」

あまりのタイミングにちいさく叫び、そこに表示された番号を見て固まったが、もう何がどうなっても今より崖《がけ》っぷちは存在しないだろうと思って、出た。いや、心のどこかでは待っていたのかもしれない。だからふだんは家に置きっ放しの私用携帯をわざわざポケットに忍ばせてきた。

「……何だよ」

『いや、最近どうしてんのかと思って』

最後に会った時のやり取りなど忘れ去ってしまったかのような、都築《つづき》の声。

『やっと仕事終わって暇になったからさ。あ、もうすぐだからちゃんとテレビつけて待ってろよ』

「助けてくれ」

人の気も知らずにのんきなこと言ってんじゃねえ、と怒鳴ってやりたかった。でも計の口からはそんな弱々しい懇願《こんがん》だけが洩れた。

『いいよ』

都築に真剣味のない口調で請《う》け合《あ》った。

『すぐ助けに行ってやる。今、どこ？』

計は答えない。答えられない。この期《ご》に及んでも。

黙り込むと「またかよ」と今度は呆れた声が聞こえる。

『お前っていっつもそうだな。ガード固くて、肝心《かんじん》なことは何も教えてくれねーの』

「だって」

だって、俺は。だって。分かってほしい。世界中でお前にだけは分かってほしい。でもお前にだけはばれたくないとも思ってて。

こんなにお前のことばっかり考えてるのは、どっちの俺なんだろう。

『まあいーけど』

都築は言った。

『あのさ、俺の好きな人がさ、不安な時ほどいつも通りのことするって言ってた』

「え？」

『だからお前もそうしてみれば？　じゃ、とにかくテレビ見ろよ』

好きな人？　一方的な捨て台詞《ゼリフ》で電話を切られ、人がこんなに苦しんでるのにわけの分かんねえこと言いやがってと頭に血が昇ったが、すぐにあることを思い出し、計は鍵を開けるのももどかしくトイレを出た。走って、階段を駆け降り、スタジオへ飛び込む。全員の視線が矢のように集中するのを感じたが、気にしなかった。

「国江田！　お前どこで油売って――」

報道局長の小言も、無視。

「まーまー。演者《えんじゃ》には色々あるんですから……」

気色《けしき》ばむお歴々《れきれき》を設楽が適当になだめている間に長机に近づき、「いつも通り」のことをする――置きっ放しにしていたアクセント辞典を、そっと開いた。最初のページ。

横書きの辞書の右下隅《すみ》に、計の似顔絵が描いてあった。鉛筆のさらさらとしたタッチ。シンプルな線なのによく似ていて、やっぱりあいつプロだなと今さらな感心をしてしまう。計が眠りこけていた晩にこっそり描いたのだろう、それしか考えられない。次のページをめくる。同じ絵があった。その次、その次の次にも。ぐっと親指で端っこを押さえ、弾《はじ》くようにうすい紙をさばいていく。同じ、と思っていた計の絵はすこしずつ変わっていく。無害な笑顔がどんどんうすれ、仏頂面《ぶっちょうづら》になり、黒ぶちのださい眼鏡とマスクが足され、髪の毛は徐々《じょじょ》にぼさぼさに。

「……何だ」

知ってたのかよ、と口の中でつぶやいた。気づいてた？　いつから？　何で黙ってた？　青ざめる事態のはずなのに、紙の中の自分は妙にほのぼのしたタッチだから、計は笑い出しそうになる。

「あ、あの、マイクを……」

「ああ、すいません。どうぞ」

人の仕事道具にくっだらねえ落描きしやがって、これが終わったら文句言ってやる。そう、たとえ大失敗に終わって海外逃亡を図《はか》るにしても、あいつにだけは会いに行かなきゃ、と思った。

「一分前です。スタンバイお願いしまーす！」

お願いしまーす、と口々に山びこのような呼びかけ。計は辞書を閉じて机に置き、こうこうとした照明の下へ向かう。その背中に設楽が言う。

「うまくやろうなんて思わなくていいからな」

「冗談じゃありません」

即座に言い返す。

「うまくやれ、と言って下さい。僕はいつだってうまくやってきたんですから」

背後の男がにやっと笑った、ような気がした。

「上等だ――誰よりもうまくやってこい」

MC席に座る。上手《かみて》のテーブルにゲストはまだいない。俺の番組だ、と深呼吸しながら思った。代打に過ぎなくても俺が仕切る、俺が回す番組だ。総理大臣だろうと大統領だろうと知ったことか。このセットん中じゃ俺がMC、ご主人様《マスターオブセレモニー》だ。

9時59分50秒。

「10秒前、9、8、7、6、5秒前――」

後は指を折って無言のカウント。10時ジャスト。計は軽く身を乗り出して、カメラの死角に設置《せっち》されたオンエアモニターを覗き込む。高層ビル群の間にひしめく人々が俯瞰《ふかん》で映し出された。もちろん、都築がこしらえた人形だ。遠い先祖を見下ろす宇宙人がぽろりと大粒の涙をこぼす。

その肩に、ぽんと手が載せられた。

――あ。

最初のコンテの段階ではひとりぼっちだったのに。ふたりは頷き合い、そして宇宙船が夜空に尾を引いて消え、「The News」のロゴが現れた。何でもうひとり増やしたのかと訊いたら、都築はまた「分かんねーよ」と言うだろうか。意味なんてない、そうしたかったからだと。

ああ、悔しいけど会いてーな。

「こんばんは」

計はカメラに向かってほほ笑みかける。バストショットからの寄りでアップになったモニターを見て、今世紀最高の笑顔だと心の中で自画自賛《じがじさん》した。

「……ここまで、雇用《こよう》と失業をテーマにお話しして頂きました。それでは次です……」

ひょっとして夢なのかもしれない、と計は思う。どこかふわふわした、現実じゃないみたいな感じ。

「少子化対策についてですが、まずはこちらのＶＴＲをご覧《らん》下さい」

映像が流れている間に、話を振る順番を考える。まずは少子化対策担当大臣経験者。そしたら児童手当の件で論戦《ろんせん》したこいつが絶対噛《か》みついてくるはずだから、そこで軽く二分。その後はあまり熱くならないタイプの人間に水を向けて……待機《たいき》児童の話題はマスト、ここは女にたくさんしゃべらせる――ＶＴＲが終わる。計は、出演者という積《つ》み木《き》を自在に組み合わせ、またばらし、また違う形を作り、番組を進行させていく。

「皆さんの主張を私なりにまとめさせて頂きますと……」

４カメでテーブル真ん中ワンショット、８カメ、クレーンで撮ってからインサート、前回の衆院選《しゅういんせん》、十五秒ぐらいでまたスタジオの画《え》に戻る。

話の流れに沿って、どういうカメラワークをするのか、その中のどれを放送しているのか、手に取るように分かった。しゃべりながら、自分でスイッチングしてオンエアの作業までしているみたいだ。幽体離脱《ゆうたいりだつ》ってこんな感じか？　すべてが見えない糸でつながり、スタジオの真ん中で自分がそれを繰《く》っているという感覚が、確かにあった。

ゲストの発言に呼応《こおう》して、するすると言葉が出てくる。世論調査の結果はどう出ているか、現在の各党の議席、各々《それぞれ》の公約……思い出そうとする必要さえなかった。

夢かもな、やっぱ。

だって俺、今ありえねーぐらい楽しい。テレビの仕事って、こんなに楽しかったんだ。


10時23分。

ほぼ折り返し、議論は白熱、進行は上々。ここまでは概《おおむ》ねノーミスだった。不安材料があるとすれば、そろそろCMを打たなければならない。どんなに盛り上がろうとそれだけは厳守《げんしゅ》、が民放のつらいところだ。しかも次は、二分半という長尺《ちょうじゃく》のCMが挟まる。まずいタイミングで中断するとこの後の討論に響くし、視聴者にも逃げられる。しかし本来のCM入り時間からすでに三分押し、引き伸ばすにも限界があった。CMに行くきっかけを、何とか計が作らなければならない。「CMへ」のプロンプを誰ひとり見やしないのでFDのもどかしさが伝わってくる。

しゃーねえな、強引に行くか。

「話の途中ですが、いったんCMに」

その合図でCMキュー、のはずだった。

「今大事な話をしてるんだよ!!」

ヒートアップしたテンションをそのまま計に向けてきたのは議席数的にはちっぽけな少数野党の党首、でも政治家人生が長いから主張が強くて扱いにくい。打ち合わせでも「要注意」と言われていた老人だった。

「増税《ぞうぜい》に関わる大事な議論だっ、そこで聞いてるだけのやつは引っ込んでろ!」

聞いてるだけ、だと? 誰に向かって口きいてんだおい。計はカメラに映らない程度にすうっと息を吸い込む。

「議論が重要なのは承知ですが、先ほどからの発言にはかんじんの中身がうすいように感じられました」

くす、と演者のテーブルから笑いが洩れる。それにますます煽《あお》られたようだった。

「何だと? それは君が不勉強だからだ!」

「そうですか。私はこの場を離れればただの一般市民です。選挙の日には一票を投《とう》じに出かけます。だからきょうは、大勢の有権者を代表して皆さんにご意見を伺う立場でいますが、いかがでしょう、気に入らない言葉は不勉強で封じ込めるのが党としての姿勢ですか?」

「そんなことは言っとらん!」

「では、納得のいく言葉でご説明して頂けますか? 選挙の前は増税やむなしとマニフェストにも明記されていましたが、議席が大幅に減ると一八〇度転換されていますね。増税推進《すいしん》では旗色悪《はたいろ》しと見て主張を翻《ひるがえ》したようにしか見えません」

「君、失礼じゃないか!!」

スタジオの空気が不穏《ふおん》になってきた。大丈夫なのか、と困惑をあらわにしているスタッフもいる。計も正直なところ、びびっていた。しれっとCM行くつもりだったのに、どう収拾《しゅうしゅう》つけんのこれ。

でも、同じぐらいわくわくしている。じいさんいきいきした顔で怒ってんじゃん。いいよこれ、おいしい。もっと寄れ、カメラ。

「増税は不要だという根拠を具体的にお願いします。公共事業の削減《さくげん》も公務員人件費の削減も、絵に描いた餅《もち》とはいいませんが巨額赤字の補《ほ》てんには程遠いレベルです、たとえば来年度の予算案を見てみますと――」

「不愉快だ！　私はもう帰るぞ！」

派手に椅子を倒して老人が立ち上がる。迷ったら負けだ。計は間髪《かんはつ》入れずに返した。

「そうですか、では、クマのぬいぐるみでも用意しておいてください」と、ADに向かって。

今だ、行け。心の中でゴーサインを出したタイミングと寸分違《すんぶんたが》わず、画面は清涼飲料水の映像に切り替わった。

「……CMでーす！」

ふう。計は席を立ち、「大変失礼いたしました」と頭を下げた。すると今の今までけんけんごうごうとやり合っていたはずの政治家たちは一様に大笑いする。

「いやあ、もっともな意見だよなあ」

「そうそう、じいさんすぐ目立とう精神でスタンドプレーに走るんだから……」

「わざとらしく椅子倒しちゃって、やあねえ」

「やかましい、弱小野党はこんな時しかテレビに映してもらえんのだ」

ＣＭ中は嵐のように文句を言われるだろうと思っていたのに、顔を真っ赤にしていた張本人はべっと舌を出して「視聴率よかったら俺のおかげだからな」と悪びれずに言った。

「事務所に酒持って来いよ」

……やられた。相手が一枚上手《うわて》だ。悔しいのに笑ってしまうのはどうしてだろう。

「プロデューサーに伝えておきます」と言って再び席についた。


最後のＣＭが明けると本日のニュースヘッドラインと、スポーツの結果。これは別のアナウンサーが読む。

「続きまして天気予報です」

局前の広場にいるお天気キャスターと軽いかけ合い。桜の開花情報、あすの服装は、花粉の状況は……10時57分50秒、「10秒前」のプロンプがいっせいに上がり、スタジオにＥＤの音楽が流れる。

「――では、あすもこの時間にお会いしましょう。さようなら」

最後にもう一度ほほ笑んで、終了――。と同時に計は軽く咳込《せきこ》んだ。ADが水を持って駆け寄ってくる。

「すいません、CM中にお持ちしようと思ったんですけど、設楽さんが、集中が途切れるから絶対近づくなって……」

「ああ……」

オンエア中は保《も》ったからどうでもよかった。でも口に含むと喉《のど》の渇《かわ》きを強烈に意識して、紙コップをひと息で空《から》にしてしまう。

「うまっ……」

思わず、素《す》で発した。あ、やっちゃった。スタジオを見渡すと皆呆《あっけ》気に取られたように計を見ていて、あれ、と焦《あせ》りが芽生《めば》えた。何で誰も何も言わねーの？　気づいてないだけでとんでもねーミスしてた？

生放送の直後とは思えないほど静まり返った空気を破ったのは、拍手の音だった。設楽が大きく手を叩いている。するとそれにつられたようにひとり、ふたりと続く。カメラマンもADもヘアメイクも、音声も照明もカメアシも。この中のひとりが欠けたって、きょうのオンエアはできなかった。そしてここにいる全員、自分が「うまくやる」ことを、痛いほど心から祈りながら、一時間、見ていてくれた。

いつまでだって続きそうなスタンディングオベーションの中心で、計は「ありがとうございました」と深く頭を下げる。

「はーい、じゃあ詳しい反省会は三十分後会議室で。一旦解散します」

そう場を締めた設楽は、計の傍《そば》に来ると「想像以上だった」と珍しく熱に浮かされたような口調で言う。

「どの程度を想像されてたんですか」

「さあねえ、そんなことより先生方は移動済みだよ。社長が一席設《もう》けてるらしいけど、君も顔出すかい？」

「そういうのは偉い人に任せます」

と答えた。

「反省会に出ないと。同録《どうろく》見てチェックしたいところもたくさんありますし。あしたはもっとうまくやります」

「頼りにしてるよ」

明け方まで、やれスーパーの色味をもうちょっと青系にしようとかタイトル明けのカメラの寄りを一秒余裕持たせてみようとか、おそらく視聴者の九割九分《ぶ》九厘《りん》が「どっちでもいいよ」と言うだろう事柄について話し合った。でもきっとどんな仕事も、残りの一厘を積み重ねて初めて成立する。都築《つづき》の作る動画が、たった一枚のコンテから始まるように。

局のソファで寝入ったのは初めてだった。顔の上に、ばさっとうすっぺらいものがかぶせられて目を覚ました。かすかなインクの匂い。不要書類か何かか？　アイマスクのつもりだとしたらかなり乱暴だ。何だいきなり、とつい顔をしかめたが、遮蔽物《しゃへいぶつ》のおかげでばれずに済んだ。そろそろと紙をどけつつ上体を起こすと、すぐ目の前に男が立っている。あとは、机に突っ伏して沈没《ちんぼつ》しているたくさんの頭。

えーと誰だっけ、見覚えあるな。確か、編成の……とにかく先輩には違いないので、「おはようございます」と慌てて頭を下げた。

「すみません、みっともないところを」

「いや、大一番《おおいちばん》で疲れたんだろう――それ」

促《うなが》され、初めて紙をまじまじと見た。

「あ――」

「おめでとう」

編成が、目標達成した番組に持ってくる視聴率のポスターだった。平均視聴率23・5%とでかでか書いてある。シェアは28%。

「リニューアルの一発目としては文句のない数字だ」

「……ありがとうございます」

「瞬間最高視聴率は、二十四分三十秒のCM入りで25超えてる。クマ発言のあたりだな」

まあ面白かった、と苦笑してから釘《くぎ》を刺す。

「でも局アナとしてはぎりぎりの発言だからな。トリッキーなMCにとらわれ出したらすぐ息切れするし視聴者は離れていく。難しいかもしれないが、きょうからは『普通』ってことを意識して頑張ってほしい」

「はい」

「その紙、設楽《したら》に渡しておいてくれ。もうすぐ帰ってくるだろう」

「あの、設楽さんは今どちらに」

見舞いだよ、と短い返事。

程なくして設楽は戻ってきた。疲労を感じさせない軽い足取りで、計《けい》を見ると「おはよう」と笑う。

「お疲れさまです」

視聴率の紙を差し出すと「へえ」とどこか他人事《ひとごと》のように驚いてみせた。

「……もっと高いと思ってましたか?」

「いやいや、驚異的な数字じゃないか。編成にごねて金一封《きんいっぷう》出させよう。飲み会の資金だ」

記念すべき初回の成果を、いとも無造作にガムテープで壁に貼る背中に問いかけた。

「早くから、どなたのお見舞いに行ってたんですか?」

「麻生《あそう》だよ。お前の先輩わがままでさあ」

肩が楽しそうに上下した。

「え?」

「朝っぱらから電話掛けてきて、ゆうべの放送のDVDすぐ持ってこいって言いやがんの。オンエア見て、後進《こうしん》の爆発力に脅威《きょうい》を感じたらしいな。悪くはなかったけど俺ならもっとうまくやれた、すぐ復帰《ふっき》して絶対にMCは譲《ゆず》らないって。あんだけ発奮《はっぷん》してりゃがん細胞もおそれをなすだろ、いい薬だね」

設楽は振り返って「ありがとうな」と常にないしんみりした口調で言った。

「いえ……」

「何だよその意外そうな顔は。あれだろ、俺のこと、演者《えんじゃ》の病気までネタにするハイエナだと思ってた? 冗談じゃないよ、言っとくけど、徹底的に俺を使えっていったのは本人だから。

「病身《びょうしん》さらすよりお茶の間から忘れられるほうがいやなんだとっ。業《ごう》だな、あれは」

俺は絶対無理、と思った。そこまで貪欲《どんよく》にはなれない。しょせん、器用貧乏止まりの才能だ。そのうえ二重人格、でも、あいつはそんな俺でもいいみたいで——いや、訊いてみないと分かんねーな。

局の前でタクシーを拾うと、運転手が「ひょっとしてきのうのニュースの人？」と目敏《めざと》く尋ねた。

「はい、そうです」

「見てたよお、ゆうべ。痛快だったねえ」

「ありがとうございます」

「ああいうのはやっぱり、台本とかあるの？」

「どうでしょうね」

ああうるっせえなあ、黙って運転しろよ。いつものように心の中で毒づいたが、ふしぎと悪い気分じゃなかった。すこし期待して携帯をチェックしたが、都築からは何のコンタクトもなかった。母親からは「お疲れ様でした」というメールが届いていて、計は珍しく「ありがと」と一言だけ、返した。

都築の家までやってもらって、あたりをはばかりつつ返していなかった合鍵で中に入る。真っ暗だったので、階段を二階へと上がる。都築はベッドで熟睡《じゅくすい》していた。

何と声を掛けたらいいものかとためらいながら近づくと、床板のきしみがきっかけで目を開けた。

「……どっち？」

「え？」

「『国江田《くにえだ》さん』か『オワリ』か」

計は考えた末「半分ずつ、ぐらい」と答える。「そーか」と都築が笑う。

「おせーよ。待ちくたびれて寝落ちしてた。八時ぐらいまでは起きてたんだけどな」

「しょうがねーだろ、仕事だよ」

「そのかっこでその口調って新鮮だな」

「ほっとけ」

「ネットニュース見た？　お前のこと載ってた。『王子様からちょいSにキャラ変か』って」

「くっだらねえ……」

番組の中身に注目しろや、と脱力する思いではあるが、まあこんなものだろう。それより。

「……いつから気づいてた？」

「『何考えてんだ』」

「はっ？」

「『この変態が』、『ゲロ吐きそうだよ』」

いつかの計の悪態をそらんじてみせる。

「……根に持ってんのかよ」

「ちげーよ、いや持ってないこたないけど。あん時、張り倒されて頭真っ白だったせいかな、オワリの声が、いつもよりはっきり響いた——鼻濁音《びだくおん》だ」

「あ……」

「『が』と『ゲ』の発音の仕方が違う、設楽さんが言ってたのはこのことか、ってやっとぴんときた。国江田さんは、鼻濁音を意識したことがない。それは逆に、意識して変えようとしてもできないってことだ。一度もしかしたら、って思ったら後は簡単だろ？　ギャップにさえごまかされなきゃ、何で気づかなかったのかって呆れるぐらい、同一人物だよ。あと、くしゃみもな。ロケん時と、焼き鳥食ってた時の。全く一緒だった」

「……どうして黙ってた」

「まじもんの二重人格かもって思ったんだよ。オワリでいる時の記憶がない的な。でもそうじゃないみたいだな」

「はあ……」

計はため息とともにベッドに腰掛け、都築に背を向けて「怒ってねーの」と問いかけた。

「何で？」

「ずっとだましてたから」

「同一人物？って俺が訊いて、お前が違うって答えたんならうそだけど、ただ黙ってただけだろ、それなら俺もおあいこだ」

「まじでそれでいいわけ？」

「逆に何がいけねーの？」

「だって……」

おかしいだろ、と自分の口から認めるのは勇気が要《い》った。

「引くだろ、キモいだろ、幻滅《げんめつ》するだろ」

「やー、別に」

「適当なこと言うなよ」

都築を振り返ってにらみつけると「何だよ」と苦笑された。

「気にしてないって言ってんのにキレられる意味が分からん」

「だって」

「俺は嬉しかったけど？」

ぼうん、とベッドから弾《はじ》かれるように派手な動作で都築は起き上がり、振動に揺れる計の前髪を指先で捕らえた。

「王子様みたいな国江田さんも、口と性格の凶悪《きょうあく》なオワリも、どっちも好きになりかけてたから、二股《ふたまた》にならずに済んだーって思ったんだよ」

「どっちもは好きになんねーだろ」

「んー、ポテチとチョコを交互に食べたくなる感じ？」

「分かんねー」

目の前の手を乱暴に払いのけたが、多分に照れ隠し込みだった。それは向こうにも伝わっているだろう、ということが都築の楽しげな眼差《まなざ》しから伝わってきた。

「おもしれーじゃん。裏表は誰にだってあるけど、お前ほど極端で徹底してるやつなんかいない」

「珍獣《ちんじゅう》みたいに言うな」

「いやそーとー珍獣だろ」

いきなり、軽くキスされてしまった。一瞬で離れたので抵抗どころか、感触もよく分からなかった。でも都築の唇はまだすぐ傍《そば》にあって、熱い息を吐きながら言葉をつむぐ。

「……テレビ見てて、どきどきしたよ」

うなじに回された指が、後ろ髪にさわさわ触れる。

「始めは心配してたけど、お前の顔がアップになった瞬間、あ、大丈夫なんだなって分かった。こいつはひとりでちゃんとやり遂《と》げるんだって。あんなにプレッシャーでつぶれそうだったくせに、すげえ堂々としゃべってて、うお、かっこいいってまじ惚《ほ》れた——惚れ直した」

「ひとりじゃなかった」

自分の吐息も、熱いだろうか。

「お前と電話してなきゃ、逃げ出してたかもしんない。俺は、初めて、ひとりだなって思って、初めて、ひとりじゃないとも思った」

「計」

初めて、名前を呼ばれた。

「そのままでいろよ。おかしくてもいいから。そんで、俺以外の誰にも、本当の顔見せんなよ」

「……見せられるわけねーだろが。人生終わるわ」

「それって、俺に惚れてるってことでいーの？」

いい、のか？　いやでも男だし。いやでもこいつを逃《のが》すとこの先、自分を許容《きょよう》してくれる物好きは現れないと思うし——。

「半分」と計は小声で答えた。

「……ぐらい」

「表と裏と、半分ずつ足して全部？」

「半分は半分だよっ。てめーだって、『国江田さん』と『オワリ』半分ずつだったんだろーが」

「バカだな」

都築は笑う。他人にバカなどと言われてなぜか腹の立たない自分に、腹が立つ。

「俺は足して二倍なんだよ」

この程度の口説《くど》き文句に何やらくらくらときめいてしまっていることにも。

手を引かれるまま、都築の脚を膝立《ひざだ》ちでまたぐ。組み敷かれるより抵抗はないかもしれないが、これはこれで相当恥ずかしい。スーツの上とネクタイがあっという間に床に落とされてこの後の段取りは問うまでもない。……そりゃあ、子どもじゃないし、ねえ？

「怖かったら今度にしてやるけど？」

「はあ？　なわけねえだろ、てめーこそ俺の身体とか味わっちゃった日にはもう虜《とりこ》ですから！よそで使い物にならなくなるけど？」

「ああ、そりゃ怖いわ」

「だろ？」

「『まんじゅう怖い』の怖いだけどな」

「どーゆー意味だ！」

「さっさと食わせろって意味」

シャツの上から、胸に唇を寄せられる。下には薄手のTシャツも着ているから、計二枚。もどかしい感触にマスク越しのキスを思い出して勝手に顔が熱くなった。

「ん」

ざり、と猫に舐《な》められたような音がする。都築の舌が、シャツの繊維《せんい》とこすれ合っているのだ。じわじわと唾液《だえき》がしみてきて、素肌が生温かさを感じる。前歯がこそげるように布地をかすめ、その刺激は乳首にまで伝わった。

「あ――」

女のそれよりずっとちいさいから、はっきり存在が分かるわけでもないだろうに、確かな照準《しょうじゅん》で吸い上げられて喉がひくりと動いた。つかまるものが欲しくて手近な頭に手を回すと苦しいほど腰を抱きしめられ、布越しにいっそうきつく吸引《きゅういん》される。じん、と粒のちいさな火がともり、その熱さに思わず都築の耳を引っ張った。

「……バカっ、やめろ」

「いたっ！　ちぎれるわ！」

計を見上げ、「虜にしてくれんじゃねーの」とわざとらしい不満顔で訴《うった》える。

「おう」

「じゃーキスしろ」

命令形かよ、と軽くかちんときたが「ん」と目を閉じた顔が案外無防備でかわいかったので、上からという体勢に気を良くし、くちづけてやった。

でもいい子にしてたのは十秒足らずの間で、すぐに図々《ずうずう》しい舌が計の唇を割り開いてくる。歯列《しれつ》をなぞってからわずかに離れ、唾液の糸が切れない距離で「よかったよ」とささやく。

「きれーな歯並びでさ」

「……当たり前だ」

そう突っ張ったけれど、愚《おろ》かなうそを思い出すとささやかな良心が痛み、でも「心配かけてごめん」なんて言うのはしゃくだから再び都築の唇を塞《ふさ》ぎ、今度は計から舌を差し入れた。手管《てくだ》なんて算段する余裕もなく身体は勝手に貪《むさぼ》ろうとする。口腔《こうこう》の熱、なめらかな粘膜《ねんまく》、舌のはらむなまめかしい体温を。

吐息さえ外にこぼすのは許さないというふうに口唇《くちびる》を拘束《こうそく》しながら都築は指先でつっと計の背中を撫で上げた。

「ん、ぅ！」

ぞくっと弱い電気が流れ星になって駆け、弦《げん》が弾《はじ》かれたように上半身がしなる。思わず至近距離でにらむと都築の目もうっすら開いていて、上機嫌な猫みたいに細まった具合から、過敏《かびん》な反応に気を良くしているのが分かった。

抗《あらが》おうとしても舌の先から体力を吸い取られているのか、すぐにへなへな腰が砕《くだ》けてしまう。都築はやすやすとシャツのすそを引っ張り出し、尾《び》てい骨《こつ》のあたりにさわさわ触れた。骨を直接くすぐられているようにむずむずする。

「……んっ……！」

そしてベルトを外し、ズボンの前をくつろげると半《なか》ばほど兆《きざ》していた中心を握った。その、ちゅうちょのなさにおののくと同時に安堵《あんど》もする。まじで、男の俺でいいんだ、こいつ。俺はどうだろう。こうして触られてるだけならあんま気にならない、のか？　こんな濃厚《のうこう》にチューしちゃってるけど。舌も歯も、舐められすぎて一回り縮《ちぢ》むんじゃないかって不安なほど。

「あっ……」

ようやくキスをほどかれ、喉元に吸いつかれると蓋《ふた》のなくなった唇からは作る余裕もない素の喘《あえ》ぎがこぼれ出す。舌で舐めてみると、長い愛撫の名残《なごり》で治りかけの虫刺されみたいに微妙に疼《うず》く。

大きな手は無造作《むぞうさ》なようでいて繊細《せんさい》で、計の性器が気持ちよくなるツボを、些細《ささい》な反応から確実に拾っていく。

「あぁ、あ、ああっ」

あんま早くいったら飢《う》えてたみたいで恥ずかしい、という見栄《みえ》も、先端が濡れ始めるにつれ迷子になってしまった。

「あっ……あ、んっ」

出したい、出したい、このまま都築の手の中でいったら、きっとすごく気持ちいい。そのことで頭がいっぱいで、都築がフリーの片手で枕元を探っていたのも、その手を計の背後に回したのも気づかなかった。

「あ！」

下着の下に潜《もぐ》り込《こ》んで、奥まったところにまで忍んできた。皮膚の感触とは違うぬめりにうろたえて身をよじる。

「や……っ」

「あ、何か今の、燃えるな」

「死ね！　て、ていうかまじで何……」

「ハンドクリーム」と都築は答えた。

「俺、手荒れひどいから、いっつも塗って寝てんの」

身体に害のないらしいことは分かった、でもぬるっと滑《すべ》りながら入ってくる感触は一言で表すならおぞけが立った。ここにあれ、挿《い》れちゃいますか？　え、普通にやだ。俺も手でするから勘弁《かんべん》、一万歩譲歩《じょうほ》して口でも我慢するけど、やっぱそっちは無理。

——と言おうとするのだけれど、体内で不規則にうごめく異物が計の舌を鈍《にぶ》くする。根元まで埋《う》まった指先がたぐるように内壁《ないへき》を引っかけて、それは実際の長さよりずっと、取り返しがつかないほど深く自分のなかに入り込んでしまっている気がした。脳みその中を無造作に探られているようで、怖い。

「やだ……」

思わず都築の頭をきつく抱えると、「前に集中してろ」とすこしだけ萎《な》えかけた性器を強くしごかれた。

「あ！　っ、あ、ぁ」

「きもちーだろ？」

「ん……っ」

上下の動きに合わせて、後ろの指がごく浅く抜き差しされた。違和感に計が強張《こわば》ると無理はしない。またあやすように昂《たか》ぶりを愛撫《あいぶ》して神経が弛緩《しかん》するタイミングを窺《うかが》う。

「んん……っ、あっ」

「ほら」

「ああっ——ど、どっちの話」

「両方」

いやそれは違う、かぶりを振ると「そう？」と他人事みたいに言いやがる。

「ん、なとこに指突っ込まれて気持ちいいわけあるかっ」

「お前、こういうジャンルは常識人なんだな」

「このド変態が」

「い－けど別に」

「あっ！」

やっと一本ぶんの侵入《しんにゅう》に慣れたところなのに、新たな指で拡《ひろ》げられる。

「や、ぁ……」

「意識しすぎるとつらいぞ」

「むり」

「無理じゃねーだろ、ほら」

「あぁ……っ！」

硬直する性器の裏側を繰り返しこすられると、透明な粘液《ねんえき》が先端から勝手にくぷくぷこぼれて都築の指を汚した。後ろではクリームがにちゃにちゃとろける音がする。自分のなかがクリームみたいに掬《すく》い取《と》られて形を変えたのだろうか、だんだんとやわらかくひらいていく。それが不安で怖いのに、昂ぶりは都築の手を拒《こば》まない。興奮して赤く露出《ろしゅつ》した先端を指の腹で弄《いじ》り回《まわ》されて下肢《かし》が揺れる。

「……なか、締まってきたな。反応してる」

「うそつけっ……」

「うそじゃねーよ」

ず、と深くまで差し込んだ先で指の間を広げられる鈍い痛みとともに、下腹がせつなく絞《しぼ》られるような、今まで知らない快感に呑《の》み込《こ》んだ口がきゅ、と収縮《しゅうしゅく》するのが分かった。

「やだ、あ、あああっ……！」

同時に、強くこすりたてられた発情は限界まで膨張《ぼうちょう》して弾ける。くらくらするほど激しい、突き抜けるような射精だった。そのまま都築にしがみついたはずの身体はシーツの上に引き倒され、計はTシャツを脱ぎ捨てた男の、裸の半身を半ば茫洋《なかぼうよう》と見上げる。

けれど、下着ごと着衣《ちゃくい》を引き抜かれ、脚の間に進んでこられるとやっぱりおじけづいた。

「ま、待って、やっぱやだ」

「今さらそりゃねーだろ」

「だって——挿れんのはだめ、ほかの代替案《だいたいあん》で我慢しろ」

「自分だけいっといて上から言うな」

往生際《おうじょうぎわ》の悪い脚を抱えて、硬直を押し当ててくる。その高まり具合というか切羽詰《せっぱつ》まり方は非常によく分かって、こりゃ話し合う余地《よち》はないわ、と納得した。でもいやなものはいやだ。

「……都築さん」

「は？」

「都築さん、いやです、怖い……」

「国江田《くにえだ》さん」で訴えてみると都築はうっと詰まってうなだれた。お、効いたか。

「……てめえはほんっとーに性悪《しょうわる》だな！」

「とにかく、日を改めましょう？」

これでいける（きょうのところは）、とそっと肩に触れようとした手はしかし、あっという間にベッドに縫《ぬ》いつけられた。

「いてっ！」

「その性根《しょうね》、身体から矯正《きょうせい》してやる」

しまった、逆効果だったか。

「そのままでいいっつったじゃねーか！」

「限度があんだよ、どんだけ俺を弄《もてあそ》ぶ気だ」

「てめーが勝手にでれでれしてたんじゃ——あ、やだってば！」

「じゃあ半分にまけといてやるよ、半分だけ挿れさせろ」

「その譲歩に意味あんのか！」

「うるせーな、愛してるから黙ってろ」

「嬉しくねえ……っ」

接触しているだけでも、都築の持て余している熱の度《ど》し難《がた》さは同性なだけによく理解できた。こんなの挿れられたら、俺、どうなっちゃうんだろう。本心では、肉体的な意味よりそっちが心配だった。

「や、いた、痛い」

実感より大げさに表明してやると都築の顔は分かりやすく曇《くも》り、そうすると計画通りのはずなのにこっちもためらってしまう。

「……ごめんな」

「え、いや、」

優しく頰を撫でられて、ついつい目を逸《そ》らすと。

「やっぱりな」

「あ、や！」

もう一段階、腰を押しつけられてつま先が跳ねた。

「そう何度もだまされるかよ」

「痛いのはまじだって！」

「暴れるともっと痛いぞ」

「う……」

「ゆっくり、深く息吐け」

言いなりは悔しかったが、ちょっとでも楽になりたかったので従《したが》った。息を吐くタイミングに合わせて、誤差《ごさ》ぐらいのペースでじわじわ犯されていく。

「あ――も、半分、入ったろ」

「まーだ」

「うそつけ、あ、そこ、触んなっ」

「楽だろ？」

一度放出した性器に手を伸ばされ、こんな状態で勃《た》つかよ、と思っているのに、つい今し方の快感の記憶をトレースしているのか、呆れるほど直情に反応してみせた。

「やっ、だ、ああっ……」

掌《てのひら》の中で、性欲そのものが飴《あめ》のように練《ね》られていくのが分かる。その興奮は後ろの口までやわらかに懐柔《かいじゅう》し、最奥《さいおう》から計をひらかせていった。

「計」

「あ、あ——んん……っ」

「悪い、もう限界」

「あっ！」

隘路《あいろ》が潤《うる》んだ隙を見逃《みのが》さず、都築は腰を突き入れてくる。つながった場所よりは脳天《のうてん》に響く感じで、一瞬視界がぶれた。そのせいなのか何なのか、押し上げられたような涙がこぼれた。

「う……」

「おい」

「うそつき、は、半分って言ったくせに……全部挿れやがって——……」

都築の、叱られた子どもみたいな顔がゆがんで見える。それはすぐに、笑顔を無理やりこらえたような苦笑に変わった。

「まじでまいるわ、かわいいって思ったら負けな気がしてんのに」

「知るかっ」

目じりを舌で拭《ぬぐ》われ、心臓が痛いほど鳴ったのは、体勢の苦しさのせいだと思うことにした。

「……ゆっくり動くから」

「ん、あっ」

先端でつつくようにこすられ、自分の深い場所が歓喜《かんき》にふるえた。都築の熱で痺《しび》れたように下腹部はじんじん疼いている。

ごく控《ひか》えめな律動が繰り返されると、疼痛《とうつう》に近かったそれはすこしずつ様相を変え、互いの身体が汗ばむ頃にははっきりとした性感として計を悶《もだ》えさせた。

「あ、ああっ、あ、あ、都築――」

「ん……っ、名前、呼べ」

「潮《うしお》、潮……っ」

言われるままに繰り返すと潮は乱暴にシャツのボタンを外し、Tシャツをたくし上げてささやかに腫《は》れた乳首を吸い上げた。するとなかがきつく男の欲望を締めつけるのが分かる。

「や、あっ」

「あ、やべ――悔しい」

波のように計の奥へ迫《せま》りながら、潮がささやく。

「こんなの覚えたら、まじで、よそでできなくなる」

同感、なんて教えてやらない。だって悔しいだろ。

でも、半分ぐらいは俺もそうかも、って言ってやろうかな。

抱き合って眠り、宇宙人も星に帰っていく、夜の始まりの頃になったら。会社行く前に、ちょっとだけな。

両方フォーユー

×

Ryouhou
for you

午後十時四十三分、ぴったりQシートの進行通りにニュースの解説が終わる。

「──今後の経過が気になるところですね」

ふしぎだ。コメンテーターの論評がどんなにぐだぐだだろうと、麻生《あそう》の一言で締めくくられるとそれはそれなりに場としてまとまる。逆に、どれほど聞き応えのある解説をされても、最終的に麻生という受け皿がないと、視聴者はもの足りなく思うのだろう。

麻生はテレビに映らない「セットの外」など存在しない顔で振る舞う。ADが出す残り尺《じゃく》のプロンプも、FDを通した副調整室《サブ》からの指示も、一顧《いっこ》だにしない（ように見える）。押そうが巻こうが涼しい顔で、でも完ぺきに手綱《たづな》を取って帳尻は合わせるし、VTRが届かないとサブが半パニックに陥《おちい》っていれば不自然さのかけらもなく巧《たく》みに話を引き伸ばす。毎回毎回のオンエアは、麻生が練ってこねてつくり上げるひとつの粘土《ねんど》細工みたいだと計《けい》は思う。自分の有能さにはかなり自信を持っているほうだが、それでもまだこの境地にはほど遠いと認めざるを得ない、というかたどり着ける気がしない。能力や適性を超えた才というのは確かに存在する。

「次はスポーツです。皆川《みながわ》さん、お願いします」

「はい」

麻生と計、それに今夜のコメンテーターが座る長テーブルから、下手《しもて》の丸テーブルにモニターがスイッチする。そこには大型のモニターと、スポーツ担当のアナウンサーがスタンバイしている。

「まずはサッカーの話題から。イタリアのACミランに電撃移籍を果たしたあの選手に、私、皆川竜起《たつき》が直撃インタビューをしてきました！　たっぷりお届けします。VTRの最後には素敵なプレゼントのお知らせもありますのでどうかお見逃しなく！」

およそ七分間のVTR中、カメラから逃《のが》れられる。しかし「一般家庭には届かない」というだけなので計は気を抜かない。背を丸めたり頬づえをついたりといった緩《ゆる》みは一切見せず、インタビューを注視する、ふりをする。わざとらしくない程度に頷き、ほほ笑み、語り手のテンションが上がっているところではかすかに身を乗り出してみたりして、仕事に誠実な自分のアピールに余念《よねん》がない。頭の中では、移籍金五十億とかリアルに札束風呂しちゃうな、と考えている。毎日ヘリで通勤するか。ていうかまだ働く気とか素敵すぎるだろ俺。あいつには百万ぐらいだったら分けてやってもいい――もちろん、VTR明けにコメントを求められたら、コーナーの残り時間に応じて適切な感想を述《の》べてやるために十秒、十五秒、二十秒、それぞれ数パターン考えておく。

今夜も、いつも通りに絶好調。

「国江田《くにえだ》さん、スポーツのインタビュー、超食い入るようにみてましたね！　サッカー好きなんですか？」

オンエアが無事終了すると、お疲れさまでしたの声もそこそこにＡＤがしゃべりかけてくる。ほらまた愚民《ぐみん》が入れ食いだよ。

「いや、全然詳しくないんだけど、すごく見応えあるＶだったから」

制作側を持ち上げてから「取材嫌いな選手だって聞いてたし」と続けると、ＡＤは「そーそー！」と視線を転じた。

「皆川さんすごいっすよ！　勝った試合の会見でもいっつも仏頂面《ぶっちょうづら》なのに、めちゃめちゃリラックスしてたじゃないですかー。しかもあれ自宅でしょ？　俺、家まで上げてもらったマスコミの人初めて見ましたよ！」

「あー、そうらしーねー」

今夜の目玉と言っていいＶＴＲの立役者《たてやくしゃ》はいたってのんきなものだった。

「最初は無愛想《ぶあいそう》だったけど、何でか漫画の話になってから打ち解けたんだよねー。最新巻読んでないって言ったら、じゃあうち来て読む？　みたいな。その代わり散らかってるから掃除手伝ってよって言われて手伝ったもん」

「まじすか」

「超真剣にエロ本捜索したわー。全カットだけど」

「掃除してないじゃないすか」

そこへ麻生が「竜起」と声を掛ける。ＡＤが即座に緊張して三歩引いた。ちっとも高圧的な男ではないが、どこか他人をかしこまらせてしまう雰囲気がある。しかし竜起は能天気に「何すかー」と応じた。

「きょう、一ヵ所ミスしてたな」

「え、どこですか」

「やっぱり気づいてない。国江田、教えてやって」

げ。

「プレゼントの告知で『三名の方』って言ってたところですよね」

無茶ぶりすんなやと思いつつ、ああああれね、みたいな面持《おもも》ちで答えると「そう」と正解をいただいた。

「え、何で駄目なんすか。スーパーも『三名様』で出てたでしょ」

竜起がきょとんとする。麻生がさらに視線で促《うなが》してくるので面倒だったが説明してやらなければいけない。

「口で言う時は『三人の方』だよ。『名《めい》』はもともと、単純に数量としての人間をカウントする時の使い方だから、視聴者に対してアナウンサーが使うのは失礼っていうのがうちのスタンス」

「え、そんなの研修で習いましたっけ。俺の代から省略してません？」

「するわけないだろ。大体国江田とお前じゃ二、三しか違わないだろうが」

「ていうか、どっちでもよくないですか？」

「アナウンサーがそれを言っちゃおしまいだ。せっかく、いいインタビューだったなって褒《ほ》めてやろうと思ってたのに」

「え、褒めて褒めて、できれば設楽《したら》Pのいるとこで褒めてください」

「呼んだー？」

設楽がサブからおっとり現れると、竜起は「麻生さんが俺のこと天才だって言ってました」とアピールした。

「あーそー。T字路じゃなくて丁字路《ていじろ》だって知らなかった天才ねー」

「日本人の半分ぐらいは知らないと思いますよ！」

「はいはい。反省会するよー」

きょうのオンエアをスタジオで短く振り返っていったん解散すると、竜起がつつっと寄ってくる。見るからに陽性の、悲しんだり泣いたりを想像させないつくりをしている。笑うと顔の半分ぐらいが口になって歯の白さが目立つ。

「国江田さん、今週の土曜日って空《あ》いてます？」

「どうして？」

　せっかくの休日を、他人のために一秒だって割《さ》きたくない、という本音を後ろ手に隠して訊き返す。

「合コンしましょーよ」

　家でブブゼラ吹いてるほうがまだ有意義だな。

「残念だけど」

　残念そうな微笑、以外の何物でもない表情をこしらえる。

「あんまり、仕事以外で初対面の人としゃべるのが得意じゃないんだ。盛り上がらないと悪いから」

「え、大丈夫ですよ、俺がばっちり盛り上げますから。国江田さんは黙って笑ってるだけでいいですよ」

　そんなら俺のブロマイドでも飾っとけ、ていうか分かれよ、行きたくねんだよ。いら立ちつつ角《かど》を立てないお断りを模索していると、スタッフから「やめなよ、国江田さん困ってんじゃん」と助け舟が出た。よし、よくやった。使用済みの消しゴムぐらいならくれてやってもいい。

「えー」

「てかさ、今度みんなで日帰り温泉行こうって言ってたじゃん？」

「あ、あれどうなりました？」

矛先《ほこさき》が自分から逸《そ》れたのを幸い、さっさとメイクを落としに向かう。


スタッフルームで改めてのミーティングをしてこまごまと仕事を片づければもう日付が変わろうとしている。プライムの帯《おび》ははっきりいってきついが、深夜帯勤務のアナウンサーにはタクシーチケットが支給されるので、終電間際のラッシュに揉《も》まれなくてもいいのは嬉しい。

タクシーの運転手に笑顔で礼を告げて自宅に帰り着いたところで「アナウンサー・国江田計」のオンエアは終了し、シャワーを浴びてスーツからジャージへと衣装チェンジ、ぼさぼさ頭にだて眼鏡とマスクを装備して出かける。ポケットに突っ込んだキーホルダーには二本の鍵がぶら下がっている。複製不能、防犯対策ばっちりの最新型と、三つ葉のクローバー型の頭をした昔ながらのやつ。

風がない夜の寒さはまだそれほど厳しくない。あちらこちらで落ちては枯れた街路樹の葉が乾いた空気の中に香ばしい匂いを漂わせている。外に出たのを見計らったようにメールが届いた。『牛乳と六枚切りの食パンとガムテープ』。買って来てくださいお願いしますが入ってねえ、と思いながら計はコンビニに寄ってそれらを調達し、徒歩十分の一軒家にしょぼいほうの鍵で入った。

「五枚切りしか残ってなかったぞ」

誰が聞いたって「国江田計」とは思わないだろう、ぶっきらぼうな声で告げると、お出迎えも「いらっしゃい」のあいさつもない、どころかパソコンのモニターから目を離しもしない、相応には無礼な家主《やぬし》が「冷蔵庫入れといて」と言った。

「『ありがとうございます』は？」

「ご苦労」

「ふざけんな」

勝手に二階へ行き、コンビニ袋をそのまま冷蔵庫に突っ込んで缶ビールを取り出す。枕を腰の後ろに持ってきてベッドの上で脚を伸ばし、酒を飲みつつ録画していたきょうの「ザ・ニュース」をチェックしていると、足音が階段を上がってきた。冷蔵庫を覗いている。

「おい、ガムテまで冷やすんじゃねーよ」

「文句あんなら自分でやれよ」

苦情を一蹴《いっしゅう》してテレビを見続けているうちに、今度はベッドの半分が重く軋《きし》む。

「おもしろかったな、きょうのインタビュー」

計はぐりっと首を巡《めぐ》らせ「てめーもかよ」と潮《うしお》をにらんだ。

「何が」

「どいつもこいつもあいつのことちやほやしやがってっつってんの！」

「ちやほやって……単なるいち視聴者の感想だろ」

「たまたま取材相手に気に入られたからってドヤってやがって……しかもあいつ、合コンしましょうとか言うんだぞ！　この俺に！」

「お前みたいないい子ちゃんぶった先輩でもハブにしないでくれてんだろ？　いいやつじゃん」

「そーゆーことじゃねえ」

潮は計の手からビールを取り上げてひと口飲むと呆れ顔で返してきた。

「ていうか、皆川竜起、だっけ？　お前文句言いすぎ。最近毎日のようにそいつの悪口聞かされてんだけど」

「嫌いなんだからしょーがねーだろ！」

秋の改編《かいへん》に伴《ともな》い、胃の三分の一を切除《せつじょ》した麻生が復帰した。計がピンチヒッターを務めた半年間の視聴率はおおむね十五〜十七の間で推移《すいい》し、つなぎとしては文句なしの及第点《きゅうだいてん》だった。初回の数字はラッキーなボーナスに過ぎない。身体のリズムもできていたので、秋以降はサブキャスターとして進行のアシストや原稿読みに回るという配置にも文句はなかった。

気に食わないのはスポーツコーナーにやってきた若手の存在だ。まだ二十五歳、報道番組での経験はこれまでゴロ、にも拘《かか》わらず局の看板番組にいきなり抜擢《ばってき》されたことは、社内で麻生圭一《けいいち》復活以上の驚きをもって伝えられた。

それは必ずといっていいほど「国江田の時もびっくりしたけど」という文脈で語られるため、そこでまず下げられたような気がして不快だったし、期待ばかりじゃない、好奇心ややっかみといった複雑な空気に取り巻かれてやってきた竜起がいともあっさり番組になじんだのを目《ま》の当たりにしてますますむかついた。もちろん、ミスをすればしたで、ざまあと思う一方、仕事なめてんのかとやっぱり憤《いきどお》る。そしてそのうっぷんをぶつける相手がこの世にひとりしかいない。

「入社試験の時から気に食わなかったんだよあいつ、へらへらしやがって……ノリと要領と愛《あい》嬌《きょう》だけで世の中渡っていけると思ってんだ」

「じゃあ要《よう》は賢いんだろ」

あっさり片づけられて腹が立つ。でも計は、潮が他人の悪口を言うところも、計の尻馬《しりうま》に乗るところも見たくはないのだった。

「お前が取《と》り繕《つくろ》ったややこしーい生き方選んでんのはお前の自己責任だろ?」

だからって、こう正論を放たれるのもおもしろくない。

「分かってるよ、うっせーな」

エアチェックする気が削《そ》がれたのでテレビの電源を落とすとビールを飲み干してベッドに寝

転がった。

「見ねーの？」

「だりー」

と潮に背を向けると、髪の毛をざかざか撫でられた。

「何だよ」

「ちやほやしてやってんだよ。ほら、ちやほやちやほや」

SEつけりゃいいってもんじゃねーぞ。

「やめろ、うぜえ。そもそも俺は大衆《たいしゅう》にちやほやされてーの！」

「どうせ褒められてもしれっとしてんだろ。大衆だって『できて当然』って空気出すやつには
いちいち反応しねーよ」

「いつだって初々《ういうい》しく喜んでやってるっつうの」

「はいはい、頑張ってる頑張ってる、えらいえらい」

二回重ねられると賞賛はもはや賞賛じゃない。

「かわいいかわいい」

「嬉しくねえっつの」

「いや、俺が言いたくて言ってるだけだし」

「アホか」

声が上ずりそうになるのをこらえて悪態《あくたい》をつく。

「こっち向けよ」

「何でだバカ」

「よそ行きじゃないくそ生意気な顔もっと見せろっつってんの」

「うっせえ寝かせろ。十時に出勤なんだよ」

「早いな、何で？」

「街録《がいろく》入ってっから」

「どこで？　うろちょろしててやろーか」

「絶対声かけねー……。俺が銀座で、皆川が渋谷。めんどくせ。あいつひとりでやらせりゃいいのに、何で手分けしなきゃいけないんだか。大体……」

いら立ちが蘇《よみがえ》ってきたのでぶつぶつぶやいていると、背後から耳のふちを噛《か》まれた。

「いっ……」

痛くはなかったが、不意打ちだったのでちいさく叫んでしまった。

「いい？」

「わけねーだろ！」

とっさに振り返って言い返すと「そう？」と尋ねる眼差しに捕まった。

「……寝るんだって」

「寝てていいって。適当にすませるから」

「俺は冷蔵庫の残り物か!?」

「はいはい」

軽口に本気で反応してしまった瞬間から相手のペースなのだと、何度思い知っても学習できない。優秀な部類だと自負している計の頭は、どういうわけか潮相手だと途端に性能が鈍《にぶ》くなるらしかった。

「おい――」

顎《あご》の下にずらしていたマスクと眼鏡を無遠慮に外され、真上から潮の顔が近づいてくる。

「……何だよ」

そのままキスをされるのかと思いきや、鼻先が触れ合うほどの距離にとどまり、じっと計を見つめて「やっと、ちゃんと顔見れた」と嬉しそうに笑った。

「……お疲れ」

計は悔しい。悔しくてたまらない。万人《ばんにん》からちやほやされるより、このそっけない一言で報《むく》われ、満たされたような気持ちになってしまうことが。それがこいつにもばれてるんじゃないかと恐れることが。

ほかのものは何にもいらない、なんて自分は、いやなのに。

悔しいから、進んで唇を求めた。

「お、その気になった？」

「うっせーさっさとすませろ、眠い」

「了解」

額《ひたい》に、頬に、キスを落とされるともう仏頂面を保っていられない。無言のうちに促されて服を脱いでしまえば心もとない、でも同じように裸になった潮が重なってくると、自分ひとりのために織り上げられた毛布をまとったようにほっとした。

「ん――」

きつく抱きすくめられて洩れる息まで温まっていく。ずっとこのまままったりしているのと、もっと密接な交歓に進んでいくのと、両方を選べないのがもどかしい。

「あ」

計が急《せ》かしたせいか、潮は肌の上で大した寄り道もせず下腹部に指を滑《すべ》らせ、浮き上がった脚の付け根の骨を慈《いつく》しむように撫でてからそのラインが狭《せば》まった先へと触れる。

「っ、んん……」

ゆるく性器を握った手は、そこから憎たらしいほど巧みに計の性欲をあやし、たぶらかし、外へ外へと連れ出していく。

「何だよ、眠い割に反応いいな」

「眠いからだよ、バカ……っ」

「そう？」

「あ……っ」

潮の手は大抵乾いていて、すこしかさついた手のひらの刺激が毎回たまらない。潮は潮で、よく汗ばんだ計の背中や腹に隙間なく手を押しつけては「気持ちいい」と笑う。そんな時、計は何とも言えない安堵《あんど》を感じる。このかたち、この身体で生まれてきてよかったと思う。

今さらお前に認めてもらわなくたって、誰もが羨《うらや》む俺なのに、だよ。そこんとこ分かってんのか、と問い詰めてやりたい。

「あ、あぁ……」

いつしかぴったりと密着した他人の皮膚にこすられて、その小刻《こきざ》みないち往復ごとに発情の芯《しん》は太くなる。速く大きくなる鼓動をほとんど生のまま潮へと伝えてしまう。ゆるく開きっぱなしの唇を、潮のそれがいたずらに食《は》んでついばんで、その都度立つ湿った音に呼応《こおう》するように下肢も濡れ始める。

「あ！」

先端からこぼしたものの作用で、摩擦の感触はぬるぬる卑猥《ひわい》になった。それでもっと気持ちよくなってしまう。ふやけたところをさらに舐《な》められ、自分から舌を差し出して求める。上顎の裏をすりすりこすられてふるえたのは、扱《しご》かれている性器のほうだった。

「ん、っふ……」

適当に、なんて言ったくせに丁寧な手管《てくだ》にいっそじれったいほどで思わず腰を揺らすと、充血した頭部と胴の境目のところを指の腹でぐりっと刺激された。

「ん！」

計にとっての「性欲」は、ふだんは固形の状態で身体の深いところにある。それが潮の手指や舌の温度であぶられると蝋《ろう》みたいにすこしずつ溶け出して外へとこぼれる。

「ん、ああ、あっ」

「計」

こうして、名前を呼ぶ声なんかにも。

「いきたい？」

「んっ……いき、たい……」

そしてそのままさっさと眠りたい——と余計な部分まで洩らす。ぶ厚い仮面を脱いだ反動なのか、潮に対しては本音が出すぎるきらいがあった。

「じゃー駄目だ」

性器よりもっと奥へ、挿《い》れはしないがぐっと確かな意図で触れられて喉《のど》が反《そ》った。

「やっ……」

「後回しな」

「寝ててもいいっつっただろ！」

「冗談だよバカ。そういう趣味ねーもん」

「あ、やだ」

射精しないよう巧みに手綱を取りながら、とろとろねだってこぼれる先走りで後ろを慣らしていく。自分の肉体なのにどういうことだと、いっそおののくぐらい潮の思い通りにされてしまう。性器への愛撫にくらまされてる間にどうしようもないところまで指を差し込まれ、潮のものでこすられたらたちまちいってしまいそうになるほど弱い場所を繰り返しくすぐられた。

「や、あぁ、やっ、だ!」

根本をきつく押さえられているから、いきたいのにいけない。

「いた、痛い、潮、出したい」

「出したら寝るんだろ?」

「や、寝ない、から」

「どうかなー……ま、これじゃ寝ようにも寝れないか」

指三本にかき回される内部は浅い場所も深い場所も性感が浸潤《しんじゅん》していて、もう単純な射精だけで満足できないのは明らかだった。

「あ、はやく……っ」

「分かった分かった」

不承不承だったはずが、こっちからせがむかたちにされているのはよくある話で、今のところまったく対策が見つからない。

「もうちょっと、我慢な」

そもそもお前のせいだし、こんなキスひとつでごまかされてたまるか、なのに計は目を閉じて受《う》け容《い》れる。唇も、唇じゃないものも。

「あっ……ああっ」

やわらかな内腑《ないふ》に強烈な熱が突き立てられて、瞬間、全身に黄信号が点《とも》る。でもその危うい質量を呑み込むすべを覚えた粘膜《ねんまく》がいちばん太い箇所《かしょ》を銜《くわ》えてしまうと、慄然《りつぜん》が陶然《とうぜん》に化学変化を起こす。

「あー……すげえ、いい」

「んん、っ、あ、や、ああ……」

全部挿《はい》って、潮がぐっと上体を寄せるとやっと手が届くから、指をいっぱいいっぱい開いて背中に這わせる。十一月なのに、いちめん膜を張ったような汗だ。潮の身体が抱えきれなかった興奮。残らず舐め取ってしまいたい。

「あっ、あ、あ、っん、潮――」

まだ、計の理性がついてこられるぐらいの律動で揺すりながら、潮は「なるほど」と不可解なつぶやきをこぼした。

「まんざら嘘でもねーのかもな」

「あ、なに、がっ」

「いやほら『いつでも初々しい顔で喜んでる』っていうの。その通りだからさ」

からかいを多分に含んだ笑顔で頬にぴたぴた触れられ、紅潮の度合いが一気に増した。

「死ね！　誰が喜んでるって!?」

「今死んだらそれなりに本望《ほんもう》だけど、お前のほうが困るだろ」

「うっせえ変態！」

「はいはいかわいいかわいいかわいい」

「黙れ──あっ、や……！」

「いきたいんだったっけ？」

「あ、やっ、や──」

強く突き上げられ、悪態は、言葉になる前に頭の中でとろかされる。そうしたら後は、潮の望むままに喘《あえ》いで悶《もだ》えるだけだった。

何が適当にだ、みっちり二回もやりやがって。繰り返し込み上げてくるあくびを喉の奥深くで未然に押しつぶしながら計はロケ車に揺られていた。

「うわー緊張するー。俺、街録とか本格的にすんの初めてなんすけど」

隣でごちゃごちゃうるさい後輩への舌打ちも。

「国江田さん、何かコツありますー？」

口にマイク押し込んでやりてえ、と思いながら「これといって特には……」と思案顔《しあんがお》だけつくってやる。

「偏《かたよ》りが出ないように老若男女に声かけるのと、あからさまに急いでる人には遠慮するのと、曖昧《あいまい》すぎても答えづらいけど、こっちから回答を誘導するような訊き方を避けるのと……まずは、苦手意識持たないようにしてやってみるのがいちばんじゃないかな。皆川くんならすぐできるようになると思うよ」

「あ、そっすかねー」

お世辞だよ、社交辞令だよボケ、なにすんなり真に受けてんだ、ちょっとは不安を感じろ。悪態を笑顔で丸めて「頑張って」と優しく励《はげ》ました。

とはいえ街頭インタビューは確かに難しい。お題は、政府による公的年金の投資運用について。それぞれ五十人ずつの賛否を聞き、ＶＴＲに使えそうなコメントも取る。カメラを遠くから見るだけで引き返したりぐっと迂回《うかい》する通行人は珍しくないし、目星をつけて近づいてもそそくさとうつむいて立ち去られるのも当たり前だ。立て続けに断られて「もう無理です」とすごすごロケ車に戻ってしまう新人アナもいないわけじゃない――まあ全部、凡人《ぼんじん》の話だけどな。

休憩を挟んで、二時間ほどでノルマの五十人をクリアした。

「すげーな国江田、相変わらずの撮《と》れ高《だか》だわ。いっつもこんなんなら街録も楽なんだけどなー」

ロケDに「だろ」と言いたい気持ちをこらえて「たまたま、親切な方ばかりでラッキーでした」と謙遜《けんそん》してみせる。

「いやいや、外車のディーラーとかマンションの営業になってもお前みたいなやつってばんばん売っちゃうんだろうなー……あ、ちょっとごめん、電話」

携帯で「まじで？」「そっか」などと短く交わすと、計に向かって言った。

「竜起のほうも今終わったって」

「え？」

「やるなーあいつも。何かと飲み込みがいいっていうか。でも分かるよな、竜起って周りの人間が自然に寄ってってくような雰囲気あるし」

「そうですね、すごいなあ」

あのガキ、ほんといらつく。ぽこぽこと泡立ち始めたはらわたの温度をおくびにも出さず、計は明るく驚いた。

その夜も計は竜起への呪詛《じゅそ》を吐き出した、そしてやっぱり潮の反応ははかばかしくなかった。

「こっちが励ましてんのにうじうじしてるほうがむかつくし、足引っ張られるよりよっぽどいいだろ」

「そういう問題じゃねえんだよ、あいつの何ていうか、天然でできちゃいますみたいな図々《ずうずう》しい感じ、神経に障《さわ》る」

「ま、要はひがみだよな」

「はっ？」

「自分が猫かぶってるもんだから、素の性格で好かれて、仕事もできる年下っていうのが妬《ねた》ましいんだろ」

「ちげーよ！　何で俺があいつごときに……」

「でもそいつだって陰で必死に努力してるかもしんないし、他人に見せない顔もあるだろうし
――さすがにお前ほど虚飾《きょしょく》に満ちてはないだろうけど」

「虚飾ってゆーな！」

「や、俺はそういうとこも好きだからさ」

だから不意打ちすんなっつうの。計が固まって声を発せない間に潮は「一件電話かけてくるわ」と二階に下りた。そして海外のクライアントか仕事仲間か、何やら英語でしゃべっているのが聞こえてくる。こっちの答えを待ちもしないのが憎たらしい。潮が目の前からいなくなるとじょじょに動悸《どうき》も治まり、さっきの言葉を吟味《ぎんみ》する余裕も出てきた。

妬ましい、イコール嫉妬。

いやそれはねーわ、とすぐさま結論が出る。職場の人間と和気《わき》あいあい交流したいなんてかけらも思わないし、あんなキャラはごめんだ。確かに目端《めはし》が利《き》いて年の割に仕事はできるが、うぬぼれ抜きにアナウンサーとしての技術で負ける気はしない。

竜起はすこし声が高く、気を抜くとすぐ早口になるし、発音もところどころ怪しい。華はあるが持って生まれた明るさが表に出すぎているので、スポーツなら問題なくても硬派な報道番組のメインを張るのは難しいだろう。死亡事故や事件を扱う時に悲壮感が出ない。要は計と競合するタイプではなく、だからこそ同じ番組で使われている。褒めそやされるのにいらっとするものの、深刻な危機感を覚えたことはなかった。

そうだ、ただ単にあの軽薄な人格と反りが合わない、それだけの話だ。ひとり納得していると潮が戻ってきた。

「なー、さっきの話だけど、今度俺にも会わせろよ」

「は？」

「例の皆川くんにさ。お前があんまりぎゃーぎゃー言うもんだから興味出てきた」

「バカ言ってんじゃねえ勘弁しろ」

「下手《したて》に出てんだかそうでもないんだか分かんねーな」

絶対いや、と計は断言したが潮は意に介さなかった。

「じゃあ設楽さんに頼んでみるわ」

ベッドに転がり込んできて、にやっと笑う。それで本気なのだと分かった。

「やめろ！　冗談じゃねえ」

「お前に迷惑はかけねーよ。『国江田さん』のことだってしゃべらないし」

「そんな心配してねーよ！」

「おー、信頼されてんなー俺」

そこでまたぐっと詰まったが、マットレスをばんばん叩いて身体で抗議する。

「絶対駄目だから」

「何でだよ。一回めしでも食おうってだけだろ。そこで俺も好きじゃねえなと思ったら納得するし」

「……もし意気投合したら？」

「普通に友達になるんじゃね」

「いやがらせか？」

「何でだよ」

「いやだからだよボケ！　仕事で関わるだけで大概《たいがい》ストレス溜まってんのに何でプライベートの人間関係まであいつに侵食《しんしょく》されなきゃなんねーんだ！　大体お前バカだし俺に騙《だま》されるぐらい単純だし手が早いっていう前科が――」

「……計」

する時以外は名前を呼ばれることがすくないので（こっちもそうだけど）計はついどきっとして口を噤《つぐ》んだ。口が回るのと、口喧嘩が得意なのはまた別の能力。

潮は優しく、子どもに説《と》いて聞かせるように言う。

「やきもちはもっとかわいく焼け、な？」

「はあぁ!?」

「『俺だけの潮でいて』って素直に言うなら考え直してやるけど」

「だから何で上からなんだよ！　死ね死ね死ね死ね！」

「あ、悪い、また電話」

とまた退席し、今度は込み入った話だったのか、長いこと戻って来なかった。

あれだけ訴《うった》えたのに、結局潮《うしお》は宣言通りさくさく設楽《したら》に話を通して会談をセッティングしてしまった。「別に来なくていいぞ」と言われたがそんなわけにいくか。潮が言うような心配などしちゃいないけど（だって俺のほうが絶対美形だから）、単純に、嫌いなやつと仲よくされたら不愉快に決まってるじゃないか。何で分かんないかな、あの無神経バカ。あれだな、感受性とか繊細《せんさい》さが作品に流れ出して本人の頭に残ってないんだ。ちょっとは俺を見習え。

「やー、うちのオープニング作ってんのがこんな若い人とは思わなかったですねー」

元凶はのんきに潮に話しかけている。

「もっと、悪い言い方したらおたくっぽいひょろっとしたおっさんかと」

「結構肉体労働だよ。でかいセット自力で組まなきゃなんない時もあるし」

「へー。あれって、たとえば一秒の映像にどれくらい時間かかるんすか」

「ものによるけど、八時間はいるかな」

「うっそ、俺絶対むりー」

「グラス空《あ》きそうだな。次何飲む？」

「あ、すいません、じゃあウーロンハイで」

意気投合、かどうかは分からないが、会話は順調に盛り上がって見えた。竜起《たつき》は社交性が服を着て歩いているようなタイプだし、潮だってつくっているものと裏腹に気質は外向きなほうだ。

だからやだったんだよ、と心の中でつぶやく。表に出さない計《けい》の不機嫌が分からないはずはないだろうに、向かいに座った潮は「皆川《みながわ》くんから見て国江田《くにえだ》さんってどんな感じ？」と余計な質問までした。

「国江田さんすか？　いやあもう神っすね神。生きる伝説。すごすぎますもん。へんな読み方する地名も、鉄道の路線も、道路の情報もぜんぶ頭ん中入ってるって感じ。国江田さんが慌てるとこととか見たことないすね」

「そんなことないけど」

何だちょっとは分かってんじゃねーか。計の気分はほんのすこし上向きになった。それにしてもこいつの口から出る「神」ってやっすい響きだな。

「でも、国江田さんていつも何かしら勉強してんすよ。俺らが菓子食ってしゃべってる時でも、新聞読んでたりアクセント確認してたり……だから、何でもさらっとこなしちゃう天才っていう印象は、ちょっと変わりましたね」

「何でもできるのは皆川くんだと思うけど」

「え、それって俺が遊んでばっかりに見えるってことですか？　やだなー一応頑張ってますよ。報道番組に行けって言われてから、ニュースも知ってなきゃいけないのかと思って池上彰《いけがみあきら》の本買い込んだし」

「で、ちゃんと読んだか？」

と設楽が尋ねる。

「一冊の半分ぐらい」

「どこが頑張ってるんだか」

「えー、だって設楽さんが自由にやっていいって言ったんじゃないですか。どんな失敗しても麻生《あそう》と国江田が拾ってくれるからって」

勝手に約束すんなよ。

「お前がやだやだってごねるからさ」

「設楽さんの一本釣り、強引だからな」

潮が笑った。釣られたというより、いきなり銛《もり》で突かれたようなものだと今でも思っている計はうまく笑えなかったかもしれない。

「こいつと仕事したいって思ったら何が何でも引っ張るから。根っからプロデューサー気質だよね」

「一応、恨まれないように立ち回ってはいるつもりなんだけど……そういえば、皆川の面接って国江田がやったんだよな？」

あ、またぁめんどくさい展開に。

「たまたま……その年の、アナウンサー試験の二次面接の担当をしたので。皆川くんだけがジーンズ姿でびっくりしましたね」

「それはそういう、計算？　目立ってやれ的な？」

潮の問いに竜起は「違いますよ！」と反論した。

「カジュアルな服装でお越しくださいって書いてあったし。ていうか、友達から一緒に受けようぜって誘われたから行ったようなもんで、あんま深く考えてなかったです」

アイドルかよ、付き添いの私が選ばれちゃって～かよ。笑顔で海鮮《かいせん》の鍋をつつきながら心の中で毒づいていると、もっとも不愉快な記憶に触れられた。

「お前、面接の場で国江田をナンパしたんだって？」

「あー、そんなこともありましたねー」

アホか否定しろ、計は慌てて——態度には出さなかったが——「そういうお題があったんです」と補足する。

「試験官が学生に『私を一分間褒《ほ》めてみてください』って。アナ部の試験って、そういう変わったことしたがるでしょう」

「あるね。トラックいっぱいのバナナを一時間でさばく方法を考えろとか」

だから、ちやほやしろなんて公然と求めたわけではない、ということをおもに潮に向けて説明した。

「それでナンパしたんだ」

潮が尋ねる。

「はは、俺も若かったんでー」

だから否定しろっつってんだろ。

「近づいて、こう——」

隣から左手を突然取られて、反射的に振りほどきかけたが何とかこらえた。四人がけ個室の壁際だから、身体を引くスペースがない。竜起は顔を寄せ、いきなり真剣な表情になる。

「『部屋に入った時から気になってました。ほかの人と全然違う、ひとりだけぴかぴかしてる』——みたいな感じで」

そこでまた唐突に手を離し、いつもの竜起に戻った。動物かこいつ、と思う。言動が読めない。つねに身構えていなければならない計にはつくづく鬼門《きもん》の相手だった。だから当時も驚いてうんざりして、「不採用」の判定をした。

反面、竜起が、実際就職するかどうかは別にして、狭い門をくぐり抜けてくるだろうとうっすら予感していた。ふざけた服装を抜きにしても、集団の中でくっきり輪郭《りんかく》の太いタレント性が見て取れたし、面接の場でまったく物怖《ものお》じしない勝負度胸に加えて、アドリブでぴったり六十秒しゃべった時間感覚。

「俺もその面接、担当したかったなー。さすがに国江田もうろたえたんじゃない？」

設楽が言うと、竜起は「全然」と勢いよくかぶりを振った。

「『どうもありがとう』ってにこってされただけですよ。さらっとハイ次の方、って感じでうおー、アナウンサーかっけー！　ってなりました。あ、鍋のシメどうします？　雑炊《ぞうすい》かラーメンかうどんか、ちなみに俺はラーメンがいいです！」

お前な、と設楽が苦笑する。

「そういう希望は、年少者が率先《そっせん》して言うもんじゃないだろ」

「あ、すいません」

でも誰も本気で怒らないし、竜起の希望は通る。得な性分というのも一種の才能に違いない。計だってその選択肢ならラーメン希望だが、装《よそお》ったまま食べなきゃならない場で好物は逆に苦痛だ。潮とふたりでカップ麺《めん》すするほうが断然おいしい。

魚介《ぎょかい》の成分が煮詰められた出汁《だし》に縮《ちぢ》れた麺をざかざか投入《とうにゅう》し、竜起が潮に尋ねる。

「都築《つづき》さんて、国江田さんと仲いいんすか？」

どきっとした。上目遣いに正面の潮を窺うと、潮は何の屈託《くったく》もなく「いやまったく」と否定してみせた。

「前、取材しに来てくれただけ。最近どうしてんのかなと思って設楽さんに頼んだ。あ、家が近所だから何回かすれ違ったりはしたかな」

「あー、国江田さんの私生活って謎ですよね！　俺もめっちゃ誘ってんのに来てくれたためしない」

「合コンはちょっと苦手で」

「合コンだけじゃないですよ！　この一ヵ月半、カラオケもボーリングもフットサルも民放連《みんぽうれん》の草野球も……」

「そうだったかな」

当《あ》たり障《さわ》りなく受け答えしながら、鉄壁《てっぺき》の愛想《あいそ》笑いがほんのわずかにほころびているのを自覚していた。

店の前で解散し、「方向同じですし、一緒にタクシーで帰りませんか」とよそ行きの声で誘うと潮は驚いたように軽く顎《あご》を引いてから「ああ、はい」とこれまた他人モードで答えた。車通りの多い場所まで連れ立って、計は何度も後ろを振り返りふたりからすっかり遠ざかったことを確かめるとおもむろに「何だよさっきの」と声をひそめた。

「何が」

「俺と接点ないみたいな言い方……」

「毎日のようにうち来てごろごろしてるって言ったらまずいだろ？」

いかにも心外そうに言い返され、満腹の胃がさらに重たくなる。

「そうだけど……ああいう答え方するなら事前に教えてもらわねーと、俺が違うこと言ったら矛盾《むじゅん》が出てくるし……」

「ああ」

いつもならおもしろがって計を怒らせるために反論してくる潮が、その時はやけにおとなしかった。

「次から気をづける。次があったらだけど」

計はちっともすっきりしなかった。分かりゃいいんだよ、と勝《か》ち誇《ほこ》る気持ちにはなれない。潮を説き伏せたかったんじゃない。潮の判断は賢明だったけれど、ああもあっさりと赤の他人のふりをされて計は——認めたくないが——傷ついた。だからそのリカバーをしてほしかったのだ。でも、どう言えば伝わるのか見当もつかない。

「お前が会いたいつったんだからな」とずれた非難に変わってしまう。

「うん」

「……で、どうだったんだよ」

「すげえなと思った」

潮はなぜか歩幅を広げ、計の一歩先を歩いた。

「俺だって『国江田さん』には多少緊張しちゃってたのに、あいつ、けろっとしてんだもんな。あの、てらいなくぐいぐいきて、人を不快にさせない感じ、すごいわ」

「俺は不快だっつうの」

「そっか」

背中に追いつき、潮が今どんな顔をしているのか見たかった。でも計の足は、どうしても歩みを速めることができなかった。たったの数十センチなのに、なぜだろう。

「あ、タクシー来た」

空車ランプを灯《とも》して近づいてくる車に乗り込めばそこからはまた第三者がいる空間だから何も話せない。行き先を告げたきり窓にもたれてじっと目を閉じる潮が本当に眠っているのか違うのか、確かめることもできない。

それが金曜日の夜の話で、土日は終日ロケや打ち合わせで潮のところには行けなかった。月曜の午後、アナ部に行くと竜起が「金曜はどーもでしたー」と寄ってくる。

「こちらこそ」

「ところで国江田さん、明後日《あさって》の午前中ちょっとつき合ってもらえないすか？」

「え、仕事に関係あること？」

これまでみたいな遊びの誘いなら、平日ではないだろう。もし映画観ませんかとかだったら映画泥棒にしょっぴかれてしまえ。

「あー、半分仕事？　みたいな。俺、衣装補助費まだ遣《つか》ってないんすよ」

半年に一度、アナウンサーに支給される特別手当のことだ。額面《がくめん》は十万円で、衣装が用意されないスタジオ外でのロケに使う服の手持ちを増やしておきなさい、という意味合いがある。

あくまで仕事用が前提だから、女子アナと違ってシャツやスーツを買い増す程度だが。

「いい加減買いに行けって部長に怒られちゃって」

領収書と物品の写真を提出する義務があるので、着服《ちゃくふく》はできない。

「俺、前回買ったネクタイが派手すぎるって注意されたから不安なんですよね。国江田さんに選んでもらおうと思って」

何で俺が、と微笑の下でげんなりし、何か用事をこしらえようと決意した時、麻生が「俺からも頼む」と口添えした。

「こいつのせいで補助費廃止《はいし》なんてことになったらほかの若手が気の毒だからな。面倒だろうがお目付役してやってくれ。出社は少々遅れてもいいから」

アナ部の最高権力者に等しい人間に言われてしまっては「面倒だなんてとんでもない」と答えるよりほかない。


ああめんどくせえめんどくせえ、何であいつはいちいち俺に絡《から》んでくんだよ。いらいらして、潮の家のドアを開ける仕草はいつもより乱暴だった。

「……え」

信じらんねえ、とそのまま一気に不満をぶちまけるつもりだった計の勢いは、玄関に鎮座《ちんざ》する大きなスーツケースによって削《そ》がれた。

「何だよ猛々《たけだけ》しいな」

二階から潮が下りてくる。

「どうした？」

「や……」

計は軽く口ごもってから「皆川の服買いについてかなきゃいけないことになって」と報告した。その後に続くはずのいろんな文句がもう出てこない。

「へー」

潮はあくび混じりに頷いた。

「まあ楽しんでくれば」

「楽しいわけねーだろ！」

ちょっとだけ本来のテンションが戻ってきた。

「楽しくないんだったら断りゃいーじゃん」

「断れねーの！　お仕事の一環なの！　サラリーマンってそういうもんなの！」

「じゃあ文句言わずやれよ。お仕事に一生懸命なのがお前の主義だろ？」

ふだんの潮ならこういう応酬《おうしゅう》を楽しむだけの余裕があるのに、何だかきょうはとげとげしい雰囲気だった。計は軽く怯《ひる》んで話題を変える。

「てか、このスーツケース……」

「あー、ちょっとアメリカにいる同業者に会ってくる。娘さんがもうすぐ結婚するから、パーティで流す作品をつくりたいんだって。その手伝い」

「それって仕事か?」

「んー……居候させてもらうし、ギャラの話は出てねーな。ただ、誰か紹介してくれてそっからまた仕事になるかもしんないし、半々って感じじゃね」

なにその自由な感じ、と計の心は毛羽立《けばだ》った。

「お気楽でいーよな。俺なんか月金の帯《おび》で、三日間以上の休みなんか年に二回ぐらいだっつうのに」

つま先で、軽くキャスターを蹴《け》った。潮の眉根《まゆね》が寄る。

「は? 福利厚生《ふくりこうせい》も保険関係も会社に丸抱えしてもらっといて文句言ってるとバチ当たんぞ。いやなら独立してフリーになりゃいいじゃん。国江田計なら引く手数多《あまた》なんだろーし」

さまざまな制約と引き換えに、会社組織に守られてぬくぬくしていられる身分というのを、もちろん計は理解している。潮が、時に何日も何晩も徹夜して悩んで納期《のうき》を守っているのも知っている——というのは潮だって分かっているはずなのに、どうしてきょうはこんなにいちいち、まともに反論してくるんだろうか。軽くいなされてもむかつくが、あまり真《ま》っ向《こう》から跳《は》ね返《かえ》されても会話の行き場がない。疑問に思うと同時に、普段は潮が適当に流してくれるから険悪にならずにすんでいるのだと痛感させられた。

でも、だからといっておらしくできるような性格ではなく。

「……つーか！　いつ決まってたんだよその話、もっと早く言えよ！」

「具体的に日程決まったのは先週かな。言おうと思ってたけど土日お前来なかったし」

「電話なりメールなりあんだろ！」

「お前だって、きょう行くとか行けないとか、事前に連絡よこしたことなんてないくせに」

「それは――」

別にしろって言われなかったから、と主張すれば俺だって同じことだよと返ってくるだろう。

何なんだ、とうまく回らない頭で考える。俺はきょうむかつく話をしにきただけだったのに、聞く耳もたれないわ、同業者の娘の結婚がどうだのこじゃれた理由で人をほったらかして高飛び決め込んでるわ、俺が悪いのか？　いや悪くない。悪くたって悪くない。

「帰る」

と計はぶすくれて言った。

「アメリカでもどこでも行ってろ、スタジオを『ステューディオ』って言ってろ、リッツにちまちました惣菜《そうざい》乗せて小粋《こいき》なパーティ開いてろ！」

「お前もな」

閉じかけた扉の隙間から滑《すべ》り出《で》てきた潮の声が背中にぶつかる。

「ショッピングしてくれれば。俺とは一度も外に出たことなんてないくせに」

それっきり連絡もなく、きっと潮は予定通りに旅立ったんだろう。頭の中で最後のやり取りを何度でもリピートし、計はそのたび何だよあいつとむかむかしていた。しかし、心身の不調を悟《さと》られるのは国江田計にとってありえない屈辱だから、竜起との買い物ではいつも以上ににこやかに振る舞った。積極的に試着を勧《すす》め、適切なアドバイスもくれてやる――一刻も早く終わって欲しかったからだが。結果、デパートの中を迅速《じんそく》に見て回り、スーツの上下とシャツとネクタイを買わせることに成功した。

「ありがとうございます、まじ助かりました」

「よく似合ってたよ、いいのが見つかって僕も嬉しい」

心にもない褒め言葉を乗せた舌は、何だかべっとりといやな後味だった。歯磨《はみが》き粉《こ》と間違えて洗顔フォームを思いきり含むという間抜けな失敗をしてしまった時の、気色悪いまずさがよみがえってくる。

「国江田さんどっかでめし食いましょうよ、お礼におごりますよ」

「嬉しいけど、どこも混み合う時間だし、社員食堂のほうが落ち着くな」

ただでさえ「テレビに出てる人オーラ」で民衆を引きつけてしまうのに、お前みたいに声がでかくてよくしゃべるやつ引き連れてこれ以上うろつきたくねえよ。

それもそうすね、と竜起は案外あっさり引き下がった。外に出て、駅に向かう歩道橋を歩いていると「皆川くん？」と前方から声がかかる。視聴者かうぜえな、金出すからタクシー乗ろうって言やよかった。

しかし竜起は「あっ、お久しぶりです」と意外な反応を返す。どう見ても普通のおばちゃん、業界の人間とは思えないが、親せきとか同級生の母親だろうか。

「最近全然ここに来ないのねえ」

「いやあ、番組始まってから忙しくて」

「毎日見てるわよー、すごいわー麻生さんの番組に出るなんて！　あ、そっちの人、ひょっとして国江田さん？」

そっちの人扱いにいらっとしつつ「どうも」と儀礼的すぎない笑顔で応《こた》える。

「そうなんすよー俺もうめちゃめちゃお世話になってて」

「でもそれは皆川くんの人徳よー、どこに行ったってかわいがられるに決まってるもん」

「あ、まじすか？　やったー」

だから、お前の脳みそに「謙遜《けんそん》」っていう概念はないのか？

身体に気をつけてね、頑張ってね、と気安く肩まで叩いて女が遠ざかると、計は「お知り合い？」と尋ねた。そうするのが自然だろうと思っただけで興味なんかありゃしないけど。

「いえ、全然知らない人です」

「え？」

「あ、知らないっていうか、えーと、俺がしょっちゅうここに立ってた時に声かけてくれた人です」

「立ってた？」

「はい」

くそつまらない人生訓《じんせいくん》書いたポストカード売ってたとか？　くそ耳障《みみざわ》りな歌を熱唱してたとか？

「こっち」

と竜起は歩道橋の手すりに計を手招いた。広い横断歩道を見下ろせる。

「ここから下覗き込んで、実況の練習してたんですよね。信号が青になると、さあ各馬一斉《かくばいっせい》にスタート、黒い革ジャンの男性、先頭を進む、おっとサラリーマン風の中年男性集団から一歩抜け出しました……みたいな。でもいっつもひとりで下覗き込んでぶつぶつつぶやいてるから、自殺する気じゃないかって心配して寄ってきたのがさっきのおばさんです」

「それは……」

計は素《す》で面食《めんく》らって、おずおずとした口調になってしまう。

「ずっと練習をしてたってこと？」

「そうすね。俺、何となくでアナウンサーになっちゃいましたけど、自分が何をしたいのかって考えて、スポーツならまあまあ好きだし、実況ができるアナウンサー目指そうっていう結論に達したんです」

懐《なつ》かしむように手すりから軽く頭だけ乗り出し、眼下《がんか》の人の流れに目を細める。

「暇な時はここで、土日は競馬場とか野球場とかサッカースタジアムとか、とにかく足運んで自分なりに実況して、帰ってからテレビラジオで答え合わせして……そんで、七月ごろだったかな、秋から実況デビューしてもらうぞって言われて、よっしゃって楽しみにしてたんすよ。でも何でか『ザ・ニュース』っていう話に変わってて、俺、結構抵抗しましたね、意味分かんないすよって。部長とかにすごい抜擢《ばってき》だぞ、チャンスだぞって言われても、いやいや関係ねーよみたいな」

ごねた、と設楽が話していたのを思い出した。あれはそういう事情があったせいか。手すりの、錆《さび》が浮いた部分に置いていた手のにおいをかいで竜起は「金くさい」とつぶやいた。子どもか。いや子どもだな。思ってること全部ダダ漏れで、計ときっかり百八十度違う。

「残念だったね」

「や、別に今は今で楽しいですし、結果的によかったです。いろいろ勉強になってるし、国江田さんと仲よくなれたし」

勝手に仲よくすんな。「楽しいんならよかったよ」と自分のことには触れず答えながら、計は悔しいような腹立たしいような気分だった。

竜起には、ひたすら要領がいいだけの、ちゃらついたバカでいてほしかった。それ以上を知りたくなどなかった。

――そいつだって陰で必死に努力してるかもしんないし、他人に見せない顔もあるだろうし。

潮の言うとおりだったなんて。

「国江田さん、行きましょうよ」

「ああ、うん。ごめん、すこし考えごとをしてた」

「ところで俺、面接ん時に言ったこと、別にウケ狙いじゃないすよ」

「え?」

竜起の真顔を、オンエア以外で初めて見た。犬めいてくりくりした目の人懐っこさがなりをひそめると案外精悍《せいかん》な面差《おもざ》しになる。

「部屋入った瞬間から、うお、ってびびりましたもん。芸能人とか、それまで見たことないわけじゃないのに、こう、圧倒的な存在感っていうか、人に見られるのが仕事、みたいな殺気《さっき》ぽいのがあって、すげえなって」

「買いかぶりだよ」

褒められすぎた時の決まり文句で逃げようとした、でも竜起は、それこそ優秀な猟犬《りょうけん》みたいに計が逸《そ》らした視線の先まで辿《たど》ろうとしていた。そういう、油断のならない気配を感じて居心地が悪い。

「――大丈夫すか」

「え？」

「ちょっときょう、調子悪そうだったんで。無理してるっていうか。まーそれでも引っ張ってきちゃったんですけど」

「……いや、全然」

よそ行き笑顔の出力《しゅつりょく》を百二十％にしているのに、どういうわけだ。「こう見えているはずの自分」と実像に誤差《ごさ》が生じるのは、計にとって致命的なミスなのに。計はそれも、潮のせいにした。ほんとに、ほんとにお前のせいなんだからなと胸の裡《うち》で文句を言って「心配してくれてありがとう」とあくまで上品に振る舞った。


それで、アナ部に戻れば戻ったで「服買えた？」と何人もが寄ってくる。こいつははちみつか何かか？　そしてお前らはプーさんか？　話題や刺激に飢《う》えた田舎の年寄りじゃあるまいし、何でどいつもこいつもいちいち皆川に食いつくんだよ。

「買いましたーばっちりっす」

「見せてよ」

「丈直《たけ》してもらってるんで、あしたまとめて引き取ってこようと思って」

「スーツ買うんなら一緒に見に行ったげるって言ってたでしょー、忙しい国江田くん誘わなくてもさー」

まったくだよ、とさりげなくその場から遠ざかった計の耳が、次の瞬間ぴっと反応した。

「やですよ、こないだも彼氏が嫉妬深いって愚痴《ぐち》ってたじゃないすか。ふたりで出かけたりして刺されたくないもん」

嫉妬？　引っかかるワードだ。ふたりで出かける……。

――俺とは一度も外に出たことなんてないくせに。

あっ、と声を出しそうになったので慌てて非常階段に逃げた。潮の、最後の言葉。こっちも冷静じゃなかったし、どちらかといえばその手前のやり取りに憤《いきどお》っていたから気にしていなかったが、あれはそういうことだったのだろうか。

一度も外に出てないって、さすがにそんなわけないだろ、と自分の優秀な記憶力を総動員してここ半年の出来事を振り返ってみたが本当になかった。そもそも、平日は深夜行って寝て帰る、ぐらいが精いっぱいだし、休みは休みで……やっぱ寝てんな、主に。でも文句も言われなかったし、潮がそれに不満だなんて気づかなかった。

言えよな、と思う。国江田計の格好で取り澄ましてお出かけするのは断るにしても、近所の居酒屋ぐらいなら、行ってやってもいい。俺だって鬼じゃない。

そう、鬼じゃないから、引っかかってもいる。何でもずけずけ指摘してくると思っていた潮が、あんなふうに小爆発を起こすまで言わなかったなんて。それは、いつも外面をつくりすぎて疲れている計を慮《おもんぱか》っていたからだろうか。俺はひょっとして、あいつにいろいろ我慢させてるんだろうか。

しかし、そんな殊勝《しゅしょう》な懸念《けねん》も、嫉妬という甘美《かんび》なワードの前にはうすれてしまう。不機嫌も不調も吹っ飛んだ。必死で自制していないと笑いが込み上げてしまいそうだ。

嫉妬だって。あいつが、俺に。あんな真顔でつんけんしてたのに単なる嫉妬だって。バカめ。早く言え。そういうことなら、こっちも歩み寄ってやらないでもないんだから。あ、やばい、どんどん頬が下がってくる。粘土《ねんど》細工みたいに自分の顔をぐいぐい引っ張って「いつもの国江田計」を成型するのに腐心《ふしん》した。一日は長い、お楽しみはまだまだ先だ。

廊下に戻ると竜起とかち合った。

「あっ」

と言うなりしげしげ顔を見てくるから、何か表情の設定を間違えたかとひやりとする。

「よかった、さっきより元気っぽいですね」

だから、何なんだよお前は。

無人の、潮の家に上がる。これからの意趣返《いしゅがえ》しで気持ちが高揚《こうよう》しているのでちっとも寒々しく感じない。出がけに慌てていたのか、上掛けがぐちゃっとよれたままのベッドには寝巻き代わりのTシャツが脱ぎ捨ててあった。秋が深まり、初冬にさしかかろうとしても半袖《はんそで》のままで、足りない暖《だん》は人肌で取ろうとしてくるからうっとうしくて――いやいや、今そんなこと考えなくていいんだよ。

計は服を下敷きに寝転がると潮の携帯番号を呼び出した。時差なんて知るか、出るまで鳴らしてやる。

『もしもし』

あっさりと潮の声が聞こえてくる。バカめ。計は満を持《じ》して一言、言った。

「やきもちは、もっとかわいく焼け」

どうだ。自分が言った言葉でからかわれるのは悔しいだろう。さあしらばっくれるか怒ってごまかすか柄《がら》にもなく恥ずかしがりやがるか――しまった、電話じゃ見られねえよ。

しかし電話の向こうからは気の抜けるような「ああ」が返ってきた。

『やっと気づいたか。お前、どんだけ鈍《にぶ》いんだよ』

「えっ」

『しかも得意げに電話かけてくるとか……ほんとアホだな、知ってるけど、ほんっとアホだな』

へこませてやるつもりだった計画はどこへやら、二の句が継《つ》げなくなる。あれ。完全に優位に立ったはずなのに、何で俺が下げられてんの？

『ま、そっちから連絡よこしたんだから許してやるけど』

「はぁ⁉」

一瞬、真っ白になった頭に血が昇り、計は声を荒げた。

「冗談じゃねーよ、許していただく筋合《すじあ》いなんかねーわ、俺はただ」

『うんうん、やきもち焼かれてるって分かったもんだから嬉しさのあまり電話せずにはいられなかったんだよな』

「ちがーう‼」

ひとりだとやけに広いベッドを左右に反転して悶《もだ》えた挙句《あげく》、そうだ電源を切ってしまえばいいのだと携帯を耳から離そうとした時、絶妙のタイミングで「切るなよ」と言われた。

「お前、カメラか何か仕掛けてるだろ⁉」

『え？　何だ、俺の部屋いんの？　ハム悪くなってるの忘れてたから捨てといて』

「知るか！」

『まーまー、ちょっと落ち着いて話そうぜ』

「通話料金」

『払う払う』

「……ほんとだな？」

『はいはい』

電話代のことなんか本音では気にしていないのを分かりきった口調だった。いつもの、からかいまじりの笑顔が目の前にいるみたいに鮮《あざ》やかに浮かんでくる。悔しくてたまらないのに、そういう表情をしてくれていないと心細いのだ。認めたくないけど。

『元気か？』

潮が尋ねる。

「二日しか経《た》ってねーだろが」

『じゃあ、寂しかった？』

「お前、今俺が言ったこと聞いてやがりましたか？」

『いや、俺は寂しかったからさ』

よく言うよ、と思う。厳密《げんみつ》には仕事じゃない用事のために平気で家を空《あ》けられるくせに。ふたりだけでいると麻痺《まひ》してたけど、お前の周りにはいっぱい人がいるんだ。俺は別に誰も必要じゃなかったはずで、でも今はお前がいて、お前が要《い》るようになっちゃったんだからその責任をもっと感じろ、バカ。

きっと潮は本気で思ってないからこんなことが言えるのだ。

「嘘つけ」

『嘘じゃねーよ』

苦笑の気配にほっとしてしまうのが癪《しゃく》だった。

『まだすねてんのか』

「すねてねーよ」

『じゃあもっと仲よくするか』

「何だそれ」

『今、どんなかっこしてる？』

「は？」

プライベートのユニフォームに決まってる。いくつか洗い替えはあるものの、素の自分が着るのはノーブランドのジャージ一辺倒《いっぺんとう》で、そんなの問うまでもないだろうに。

「何って、いつもの」

『だろうなー』

「じゃあ訊くな」

『怒んなって……じゃあ、どこにいる？』

「お前んちだって。おい、長い時差ボケか、切るぞ」

『駄目』

高圧的じゃない口調で命じたあと「ほんと鈍いな」と小声でつけ足したのを聞き逃さなかっ

た。

「おいっ」

『二階？　俺のベッド？　だよな』

「だから――」

分かりきったことをいちいち質問すんじゃねーよ、と言いかけて、思いがけない言葉に遮《さえぎ》られた。

『触れよ』

「え？」

計はあたりをきょろきょろ見渡し、壁にぺたぺた手をつけてみたりした。宝探し的なサプライズでも仕込んであるのか？　しかし何も起こらず、床やベッドのフレームにタッチしても同様で、言わずもがなのことを尋ねたかと思えば不親切なもの言いに多少本気で機嫌を損《そこ》ねて「何を」と質《ただ》すと今度はため息をつかれた。

『……鈍すぎる』

「お前こそさっきから意味不明なことばっかり」

『今、その場に俺がいたら触りそうなとこ触れっつってんだよ』

「……へ？」

計は遅まきながらようやく理解した。「もっと仲よく」って、つまりは、電話で。

「――バカ‼」

身体じゅうの血液がきゅっとつむじの下に集中するのが分かった。耳に押し当てている携帯の液晶が溶け出しやしないかと心配なくらいだ。

「バカじゃねーの⁉」

『さっきも言ったぞ』

「バカ、ていうかバカ、ていうか変態！」

『何でだよ』

潮は平然としていた。

『一緒にいんのに電話でしようぜっつったら変態かもしんねーけど、物理的に離れてんだから普通だろ』

あまりにもいけしゃあしゃあとぬかすものだから「そうなのかも」と錯覚しかけたが思いとどまる。

「なわけねーだろ！　大体、人んちに居候してるくせに……」

『今、二階にいんの俺だけだし、お前みたいにでかい声出さねーから大丈夫だよ』

「出してねーわ！」

ていうか誰が出させてんだよ。顔と喉《のど》が命だっていうのに、仕事がある平日だってお構いなし手加減なしで――……やばいやばいやばい。

思い出すな。

『てかさー』

潮の口調はのんきなほどだった。のんきなふりをして、計の弱みをついてくる。

『まじでいやなら、このまま切りゃいいじゃん。回線伝って押し倒したりはできねーし』

そうだ、なぜそれをしないのかと自分でも思っている。指摘されてもなお、計は携帯を握った手を動かせない。ただ、自分の吐いた息が通話中の画面に微細《びさい》な水蒸気を吹きつけて曇《くも》る、にぶい乳白の色を頭に描いている。この呼吸が、海を越えて潮の耳をくすぐっているというのは何だかすごいことだった。

『触れよ』

と潮はもう一度言った。ただしさっきとはまったく違う声音《こわね》で。

「……どこを」

ぽつりと、途方に暮れた口調は我ながらバカみたいだった。でもそれはある程度潮を喜ばせたらしく、「どこでも」と笑みを含んだ答えが返ってきた。

『お前が触られたいとこでも、俺が触りそうなとこでも』

「分かんねえよ」

『何だよ、そんなはっきり指定されてーの？』

スケベ、と普段は聞けない甘ったるさでからかわれて、もったりした糖蜜《とうみつ》を浴びせられたように計の舌も頭もにぶくなる。

『俺も恥ずかしいんだけど』

しらじらしいことこの上ない。

「嘘つき」

『お前ほどじゃねーだろ?』

「うっさい……」

潮が吐いた息が見えない電波の糸をふるわせる。計は携帯をハンズフリーにして枕元に置くと、壁に向かって横になった。ジャージのズボンの中に右手を突っ込み、下着の上から軽く撫でてみると、そこは自分の認識よりもっと熱かった。

『触ってる?』

追い打ちをかけてくる声。

「お、前が」

『ん?』

「お前が、したがるから、つき合ってやるだけだぞ……っ、俺はこんなの、全然好きじゃねーんだから……」

『ああそうだよ』

こんな時ばかり、優しく計を肯定《こうてい》してみせる。

『全面的に俺のせいで、俺しか聞いてないから安心して気持ちよくなってろよ』

背中を押されたというか、引きずり込まれたというべきか、とにかくそのささやきに誘われ、時計はじかに指を這《は》わせた。傍《そば》にいもしない男に反応している性器に。

「ん――」

そういえば、自分で慰《なぐさ》める行為からずいぶん遠ざかっていた。肉の切迫《せっぱく》を実感するまでもなく定期的に搾取《さくしゅ》されていたからだ。自分の手が懐かしいなんて、おかしな話だ。もちろん自分の手だから、ブランクがあってもちゃんと過敏《かびん》な箇所《かしょ》を心得《こころえ》ている。

「ん……っ」

『どこ触ってる？』

「言えるかっ……」

『じゃあ、もっと聞こえるように声出して』

「何が『じゃあ』だよ」

そもそも、ひとりでルートやゴールのタイミングを把握《はあく》して進めているのに、声らしい声なんて出ない。

「いちいち注文つけてんじゃねえ」

『んー』

小首を傾《かし》げているさまが想像できる。別に続けたいわけじゃないけど「じゃあいいや」とか言ったら怒るぞ。でも次に聞こえてきた声は低くざらついていて、計は鼓膜《こまく》を猫に舐《な》められたような錯覚をした。

『計』

セックスの時には聞き慣れたはずの名前、でも電話越しだから響きが違って、潮であってそうじゃない男に呼ばれているようだった。

『握って、ゆっくりこすって。薬指と小指は使わなくていいから』

「……なに」

『しろって』

「……やだ」

『また嘘ついてる。そやって、三本で扱《しご》いて、硬くなったら上のほうに集中させんの。お前、好きだろ?』

「やだって――」

『先んとこ、きゅって締められながら親指で孔《あな》弄られんの好きだよな? 声止まんなくて、すぐぬるぬるになるから』

「や」

そんなの聞きたくない。ぱさぱさ頭を打ち振っても計の手はいやらしい言葉を吐き出す端末《たんまつ》を止めようとはしない。

『……計』

毒になる甘さで吹き込まれる。

『しろよ。お前の気持ちいい声聞きながらしたい』

かすかに乱れた声に、かちかちと硬質な物音が混ざった。たぶん、ベルトを外している。潮も同じことをするのだと思うと、くすぶる興奮が一気に酸素を得たように炎を上げた。

「……あ、あっ……」

『そうそう、できるじゃん』

言われた通り、潮のやり方で性器を追い上げていく。すると、ここにない潮の手の感触や指の長さをありありと身体に思い描けた。同じふうにすると、自身のパーツとの差異がくっきり分かる。

「んっ……、ん、あっ」

『ほどほどに加減しろよ、お前我慢足りねーからすぐいきたがるもんな』

「お前のせい、だろ……っ」

『違うよ』

笑みと、ひそやかな発情が半々の吐息。

『お前の顔も声も身体もやらしいから次々いろんなことしたくなるんだよ』

「ばかっ……」

憎まれ口の間にも自慰《じい》の手はゆるまず、すっかり覚え込まされた潮の愛撫を忠実になぞっていく。先端がこぼしたものを全長に塗り込めて擦《こす》り立《た》て、なめらかな快感に下肢《かし》全体を浸《ひた》していく。透明なそれが、じょじょにミルクを含まされた濁《にご》りを帯《お》びるのは見なくても分かる。

「や、あっ、あぁ……」

『最近の携帯はすげえな、くちゅくちゅいってんのはっきり聞こえる』

「や」

『乳首も触る？』

触れよ、じゃなくて質問形だったのは、もう促《うなが》されるだけで計が従《したが》ってしまうと分かっているから。張《みなぎ》った性器の、持ち重りする血流にたじろぎながら計は尋ねた。

「っち……？」

『なに？』

「だから——どっち……？」

枕に押しつけた片耳はじんじん熱い。やべ、と潮は憎たらしい軽やかさで笑う。

『今のちょっときたわ。お前、かわいーなあ……どっちでもいいよ、お前の好きなほうで』

従順に服の下から手を突っ込み、探すまでもなく尖《とが》った実に触れてその固さに驚いた。ぽつ、と水面に絵の具を垂《た》らしたように快感が広がる。

「あ、んっ……」

『どっち触ってる？』

「ひだり」

『あ、そっち好きなの？　知らんかった。次から留意するわ』

単純に空《あ》いているのが左手だから、というだけの理由を説明するより、腫《は》れた乳首を自分でいじめるのに夢中だった。

「あっ、あぁっ」

『どうなってる？』

「あ、固くなってる……っ」

『いいな、俺も触りてー』

「んっ……」

ささやかな（でも確かな）尖りから生まれる性感は、着実に腰へと蓄えられて性器をこする手をいっそう忙《せわ》しなくさせた。

「あぁ、んっ、あ――」

『計、いいか？』

「いい、っ……」

『……後ろも触る？』

「やだ」

『何で?』

「そっちは、潮がしてくんないとやだっ……」

『──おい、今軽くいきそうだったぞ』

ぐっと息を飲み込む気配が確かにしたので、嘘じゃないと思う。

「あ、あ、だめだ、もう……っ」

どこからそんなに、と怖いぐらいあふれてくる腺液《せんえき》はねっとり濃くなってきていた。指に絡《から》む密度にすら背中がぞくぞくしてしまう。目の前でくしゃっとよれている潮のTシャツにしきりと頭をすりつけた。潮の匂い。

『一緒にいく?』

「うん……」

『思いっきりこすって』

「ああっ、あ、あ、潮──」

昂《たか》ぶりに摩擦《まさつ》を与えながら乳首をきつく押しつぶし、指の腹で円を描いて快感を貪《むさぼ》る。耳の中で反響するのは心臓の音と、潮のなまめかしい息遣いだけだった。

『計……』

「──あ!」

ゆるく湾曲《わんきょく》していた腰がくの字に引きつった。身体の底で弾《はじ》けた興奮が手と下着を汚す。

「あ……」

『いったか？』

「ん」

呼吸が整ってくるにつれ正気も戻ってきて、計は「もう切るからな」と精いっぱいぶっきらぼうに告げた。

『またしような』

「するか！　連絡はメールでしてこい！　音信不通にはなんなよ！」

言いたいことだけ言って答えを待たずに通話を終了する。シャワーで下半身を流して戻ると、メールが届いていた。

『パンツ何色？』

死んでしまえ、と携帯を枕に叩きつけた。


あと一週間ぐらいで帰る、と潮《うしお》からメールが入った。何だよものの数日でいそいそと連絡してきやがって、と計《けい》はアナ部の席を立ってひと気《け》のない場所をと考え、「ザ・ニュース」で使っているサブに赴《おもむ》いた。板チョコみたいに規則正しく壁面《へきめん》を埋《う》めるモニター（そのひとつひとつにちゃんと違う用途がある）はすべて真っ黒で、いつもならオンエアに携《たずさ》わるスタッフで埋まっている椅子はきちんとしまわれている。機材と人間の熱気を考慮して空調が設定されているから、オフの状態だとかなり寒い。計はかすかに身ぶるいして携帯を取り出した。

『お』

と潮が出る。

『何だよ、やっぱり電話ですんのくせになっちゃった？』

「違うわ！」

無人の空間で思いのほか声はよく響いたが外には洩れないし、放送のない土曜日、このへんをうろつく人間はいない。万が一誰か来てもセキュリティを解錠《かいじょう》する電子音ですぐに分かる。そうしたら通話を切って「忘れ物をして」とでもごまかせばいい、と計は算段をつけた。

「お前こそまんまとメールなんかしてきやがるから、褒《ほ》めてやろうと思って」

『あーはいはい、あざすあざす……今どこ？　何か声の聞こえ方違うな』

「会社」

『休みじゃねーの？』

「バカディレクターの仕切りが悪くてロケの再撮《さいさつ》があったのと、出張旅費の精算忘れてた」

『らしくねーな』

「ほっとけ」

『寂しさでぼんやりしてんのか』

「なわけねーだろ。ホームシックで泣いてんのはそっちだろが」

『はは、そうそう』

計は音声のミキサーの前を行ったり来たりしてちゅうちょした挙句《あげく》、「かわいそうだから――」と切り出した。

「お前が帰ってきて、俺が暇な時あったら、一緒にどっか出かけてやってもいいけど」

へえ、と潮は驚いたような声をあげてみせる。

『たとえばどこ?』

「ラーメン屋とか?」

『自分が食いたいだけじゃねーか。……ま、いーや。帰ったらそのうちデートするってことで、約束な』

「……おう」

デート、という響きにくすぐったくなりながら電話を切る。ふう、と何となくひと息つくのと同時に、部屋の隅からがたっという音がした。計が立っているのとちょうど対角にある、いくつかの机が並ぶ島。テロップやCGの操作に使うパソコンが固まったところだ。

そこからの数秒間は、本当にスローモーションで展開された。椅子が、何かに押し出されて机から離れる。続いて、机の下からもぞもぞと人影が這《は》い出《で》てきて。

「あー……お疲れさまです」

竜起《たつき》のその声とともに、世界は元の速度を取り戻し、計はこれが夢じゃないんだと実感した。


「えーっと……何で俺がここにいるかって言いますとー」

聞いてもいないのに竜起がしゃべり出す。

「コンサートのチケット取ろうと思ったんですよ。電話予約しかないやつで、そんで、会社に、災害特別電話っていうんですか、優先的に回線繋《つな》がる電話あるって聞いて、スタッフに訊いたらサブの電話がそうなんじゃない？　的な感じだったんでこっそり入って、したらまじ繋がっておお取れたぜって喜んでたら扉開く音したんでつい隠れちゃって――」

計は一言も口を挟まず、頷きもせず黙っていた。

「――てなわけで、無事に二枚取れたんで国江田《くにえだ》さん一緒行きます？　ミスチル」

なおも返事をしないまま、ゆっくりと視線だけ周囲に巡《めぐ》らせた。

「何か探してます？」

「鈍器《どんき》」

「え？」

「お前を殺せる鈍器」

「えー、やだ死にたくなーいー」

「うるせー！」

能天気な口調に感情を爆発させた。焦《あせ》りや後悔や羞恥《しゅうち》がミックスされた火薬。

「あー!!」

計は両手で髪の毛をぐしゃぐしゃかき回した。できることなら怪獣《かいじゅう》に変貌《へんぼう》して社屋《しゃおく》も竜起も何もかも踏みつぶしてしまいたい。

「何でお前なの!?　何でお前なんだよ!?　くっそむかつくなもう!!　俺の周りちょろちょろすんじゃねえよほんっとうぜえ!!　今！　俺の手にデスノートがあったら！　絶対お前の名前書いてやるから!!」

そう、素《す》の声で叫び倒した。まだ何とかごまかせるんじゃないかという理性のあがきは途中で放り投げた。口の悪さが露呈《ろてい》しただけでプライベートがすべてばれたわけじゃない、でも「見せていない素顔」の存在をはっきり悟られた時点で計はゲームオーバーだ。も、いいや、俺もアメリカ行こ。

竜起は大きく目を見開いてから、「やべえ」とつぶやき、そしてみるみる笑い出した。

「やばい、ウケる、国江田さんおもしれー、デスノートとか……」

意地の悪さを含まない、ただただ素直な笑いの反応だった。びびるでも怒り返すでもなく、計にとっては不可解極まりないリアクション。

「……お前、何なの？」

とんでもない場面を見られた側の計が眉をひそめると、「国江田さんこそ」ともっともなお言葉だ。

「俺は——」

「あれですよね、要するにキャラ作ってたんですよね、人前では」

不断《ふだん》の努力を「キャラ作り」なんて安い表現に落としてほしくなかったが、しぶしぶ頷いた。

「やーすごいなー、でも何でそんなめんどくさいことしてんですか？　疲れるでしょ」

「俺の勝手だ、ほっとけ」

「そりゃ、カメラ回ってるとこではちゃんとしなきゃですけど、そっちの国江田さんで全然おもしろいし、いいと思います」

「さっきの今で知ったようなこと言うな」

「んー、別にさっきの今ってことはないです」

「……は？」

この上何をほざくつもりだ。

「俺、ついこないだも面接の時の話しましたよね。俺が国江田さんを褒めて、国江田さんはさらっと流してた」

「それが?」

「国江田さん、にこって笑ってましたけど、何ていうのかな、目の奥が全然冷めてるっていうか……至近距離だったから、あ、やばいもん見ちゃったなって感じで、ぞくっとしたんですよね」

しかし寒気など感じさせない陽気な口調で続ける。

「なーんかこう、気になってたものの、そんなに接点もないですし、社内でも社外でも国江田さんのこと悪く言う人なんかいないし、優しくて仕事ができてまじめな、皆《みんな》が憧《あこが》れてるスター──や、それで全然いいんですけど、じゃああれは俺の勘違いなのかって。だから、一緒の番組につかせてもらうってなった時、駄々《だだ》はこねましたけど、いい機会かもと思いました」

「そんでやたらべたべたしてきてたのかよ」

「そんな別に、かぎ回るつもりはなかったですよ。普通に親しくなりたかっただけですもん」

「──……で?」

計は腕組みして机にもたれた。

「で、って?」

「あーてめーの読み通りだよ、俺は外面《そとづら》こってこてに仕上げてんの、理由はちやほやされるのが好きだから！　素敵な俺が大好きだから！　それで誰にも迷惑かけてねえ！　以上！」

「あ、はい、いいんじゃないすかそういう生き方も」

宇宙人か、と半《なか》ば本気で思う。会話が噛《か》み合《あ》っている気がしない。

「ところでさっき、誰と電話してたんすか」

「関係ねーだろ」

「都築《つづき》さんですか？」

「はっ!?」

触れられたくない核心《かくしん》その二にさっくりと踏み入られ、やっぱり殺しちゃおうかな、という衝動が頭をよぎった。

「てめ、どっかにカメラかマイク仕込んでんな!?」

「してませんよ。半分当てずっぽうですって」

「じゃあ残り半分の目算《もくさん》はどっからきた？　お前、あいつと一回しか会ってねーくせに」

「んー」

計にならうように腕を組み、竜起は真っ黒なモニターをにらむ。

「実況の練習してたって話したでしょ。ああやってしょっちゅう人の頭見下ろしてると、ふしぎなもんで、いろんなことが見えてくるんですよ。ただ歩いて信号渡ってるだけでも、あの人は機嫌よさそうとか、あっちのカップルはケンカしてるっぽいなとか。人間観察のたまものっつったら偉そうですけど。一緒にめし食ったじゃないすか、その後別れて、ふっと国江田さんのほうみたら都築さんと並んで歩いてた」

「帰る方向が一緒でタクシーに乗り合っただけだろ」

「でも、その後ろ姿の雰囲気っつーか……肩組んだり親しげに話してるわけじゃないけど、日ごろ全然接点ないふたり、じゃないなって思ったんすよ。じゃあ、示し合わせて仲よくないふりしてたってことになりますよね。何か秘密がある」

ようやっと、耳を打つ自分の動悸《どうき》を意識し始めていた。竜起の直感は正しい、そして「こいつが嫌いだ」という計の直感だって。あれは本能が危険を報《しら》せていたに違いない。全部ばれた、という現実に早急《そうきゅう》な手を打たなければいけないのに、頭の中はやばいやばいやばいと繰り返すばかりで具体的な策を何も練らない。何でこんな時にお前がいないんだよ。

「あの、つき合ってんですよね？　さっきの電話の感じだと」

「お前、報道記者にでもなりてーの？」

「え、全然。無理っしょ」

きょとんと答える、そののんきな顔を殴りつけない自分を褒めたい。

「俺、特に鋭《するど》い性格じゃないですよ。何で分かったかといえば、そりゃ、国江田さんをずっと気にして見てたからっていうだけです」

「暇だな、つーかキモいな」

下手《したて》に出て「黙っていてくれ」と頼む——という選択はこの期《ご》に及んでもなかった。それは本当に、死んでも断る。

「え、ひどい、ていうか俺は今、結構ショック受けてんすけど」

「何でお前がだよ」

「え、だって国江田さん相手いるわ、電話でデレてるわ」

「デレてねえよ!!」

「あーそんな顔赤くしちゃって……近々《きんきん》で別れる予定とかないですかね?」

「……おい、何の話だ」

「ないならいいですけど。追いかける恋愛のが燃えるもんで」

「お前の趣味には一切興味ねーよ」

「あ、そうそう、そういうところ。さっきも罵倒《ばとう》されてぞくぞくっとしました。いっつも優雅に笑ってる国江田さんに毒吐かれるって、優越感わいちゃうみたいな」

「だから何言ってんだお前」

「鈍《にぶ》いところも好きです、国江田さん」

自爆ののち、立て続けに二発も爆弾を落とされた計は、もはや何も失うもののない、すがすがしい笑顔を見せてやった。そして心を込めて言った。

「死ね。さらに来世《らいせ》でも死ね」

「告《こく》って死ねって言われたの初めてなんですけど」

「なめてんのかお前」

「なめていいと言うんならなめます」

「そういう調子のいいとこが嫌いなんだよ。この状況でいきなり告られて誰が真に受けるか。大体、旭《あさひ》テレビの合コンモンスターって呼ばれてるくせに」

「あんなのただの異業種交流じゃないですか。おしゃべりを楽しみに行くだけ。国江田さんがいやならやめます」

「知らねーわ関係ねーわ、しょうもない嘘で人をからかうなっつってんだ。笑えねーんだよバカ」

「俺、そんなにいい加減に見えんのかなー」

竜起は不満げに唇を尖《とが》らせると、歩道橋で見せた真顔に変わる。

「面接の時のあれは、嘘じゃないって言いましたよね」

計は口をつぐみ、二の腕に自分の指をきゅっと食い込ませた。

「初対面から忘れられなくて、もっと知りたいなとか仲よくなりたいなって一方的に思ったの、国江田さんが初めてです。でも男なんだよなー、どうしよっかなーっていう迷いはあったんですけど、さっきの電話聞いて吹っ切れたっていうか、いや、へこみはしましたけど、何だ、都築さんがオッケーなら俺だっていいんじゃんって」

「よくねえよ！」

「え、何で？　――あ、すいません」

竜起の内ポケットから携帯のアラームが鳴り出した。

「二時からナレ録《ど》りあったの忘れてました。じゃ、失礼しまっす」

話は途中のまま（詰めようもないけど）竜起はさっさと出て行ってしまった。

計はようやく腕をほどき、ゆるゆると指を折ってみたりする。

えっと、素がばれた、潮との関係もばれた、あいつが俺に告ってきた……。半端《はんぱ》に握られた手をふっと見下ろし、そして天井を仰《あお》ぐ。

「……むり!!」

無人のサブであらん限りに叫んだ。無理、全部無理、処理不能だ。


すぐにでも潮に電話したかったが、さらなる漏洩《ろうえい》はごめんだから家に戻り、ついベランダの施錠《せじょう》までをしっかり確かめてから携帯番号を呼び出した。

『何だよ』

「ばれた」

としか言いようのない自分に、まだ相当混乱しているらしいと思考の一部はやけに冷静だ。

『は？　何が？』

「いろいろ。もう駄目だ、俺も高飛びする。そっちでハンバーガーとか、油で揚《あ》げたものをおもに食って暮らす」

『油以外で揚げられねーと思うぞ。落ち着け、ちゃんと説明しろ』

「怒んなよ」

『聞かないと分かんねーよ。……まあいいや、怒んねーから話してみろ』

計は会社での電話からの一部始終を伝えた。もちろん、竜起の告白についても。潮は短く黙り込んだが、「どうすんの」とさほど切迫《せっぱく》していないようすで尋ねた。他人事《ひとごと》かよ、と計はかつかしてしまう。

「どうもこうもどうしようもねーよ、そんなのこっちが訊きてーわ！」

潮は冷静なまま「お前さ」と尋ねる。

『実際のところどう思ってんの、あいつのこと』

「は？」

またやきもち？　なんてにやにやできる心の余裕はなく、「しつこい」と携帯を握りしめた。

「何とも思ってるわけねーだろ、分かんねーか？」

『うん。分かんねーから、まじで訊いてんだ俺は』

何言ってんだ。自分の家なのに、どこに座っていいのか分からなくて計は立ち尽くしたまま潮の声を聞いていた。

『お前、毎日のように皆川《みながわ》の文句言ってたよな。でも、ほんとに嫌いな相手なら愛想《あいそ》よくあしらうだけでいちいち口に出したりしないだろ？　本人に会ったら分かった。『国江田さん』に遠慮せずくるタイプが初めてで、お前が戸惑ってて、でも無視できないぐらい意識してるんだって』

だって無視のしようがない。今まで、面倒な誘いや申し出には困った顔で笑ってさえいれば、周りが勝手に察して対処してくれた。でも竜起だけがやわらかな拒絶の膜《まく》をかいくぐってこようとするから。

「……ばかじゃねえの」

それしか言えなかった。違う、と否定しなければならなかったのに。でも、見えない、触れない相手に、「違う」ことを納得させられる言葉を計は探せなかった。いつでも計をよく理解している潮が言うのなら、それが自分でも気づかなかった本心なのか？

『俺は、どうしたらいいのかって思ってたよ。皆川がお前のこと気に入ってんのはすぐ分かったけど、あいつの名前出すの禁止にしても余計疑心暗鬼《ぎしんあんき》になりそうだし、関わるなっつうのも無理――……なあ、計』

名前を呼ばれて身構える。

「なに」

『俺は、二重人格なお前が好きだって言った。面白いからそれでいい、今でもそう思ってる。でも、あいつもそうなんだろ？　ならお前、どうすんだ』

親以外は、潮しか知らない秘密だった。でもそれはもう壊れてしまった。

『お前が素を晒《さら》せるわけないからって、正直たかくくってた部分もあったけど、これで条件はおんなじだ』

「だから俺は、断ったってば」

『引き下がってくれたか？』

「……さあ」

『さあって』

初めて潮が、やさぐれたような笑いをにじませた。

『ぶっちゃけさあ、どうすんの、お前のこと黙っててやるからつき合えって言われたらどうするつもり？』

「あ、なるほど、その手があったか」

計はつい、口を滑《すべ》らせてしまった。滑らせたというか、なるほどそういう展開もありえるわけだ、と実際の竜起から「脅迫」なんて陰湿《いんしつ》な行為がまず連想できなかったせいもあって感心した。しかしその一言が潮の怒りに火を点《つ》けたらしい。

『おい、何がなるほどだよ。まさか自分から提案する気か』

「いやそういう意味じゃ」

『大体お前、うかつなんだよ。賢いわりにアホだし鈍感だし』

「怒らないって言ったくせに……」

『それとこれとは別だ！　薄情にもほどがある……』

そっちこそ、と後には引けず計も言い返した。

「メールなんか送ってくるから」

『てめえがしろって言ったんだろうが』

「あーもううっさい！　不安煽《あお》るだけで何の解決策も出てこねーし！　使えねーな！　いいよもう帰ってこなくて！」

口にした瞬間、言いすぎた、と思った。そして思った瞬間には潮がおそろしく冷淡な声で「分かった」と答えていた。

『そうする』

それきり沈黙した携帯はだらんと垂《た》れた手の中で鉛《なまり》みたいに重い。もう、大声を上げる元気もなかった。

薄情。それはそうだ。潮が好きだから竜起とは何もない、と断言しなかったのだから。

でも計だって、俺はお前が好きだ、そんなやつにふらふらすんな、と言ってほしかった。お互いの意地が張り詰めて、心臓を引っ張って痛い。

週明け、月曜のオンエアが終わると、竜起《たつき》が「すいません」と寄ってきた。

「どうかした？」

周囲に人がいるため何食わぬ顔で「国江田計《くにえだけい》」をしなければならないのだが、竜起は竜起で、週末のできごとなどおくびにも出さず、「おとといのナレ録《ど》り、うまくいかなかったんですよねー」とため息をついた。

「ドキュメンのしっとり系って俺初めてで。ミスマッチ狙いたいってディレクターが指名してくれたんですけど、ミスマッチすぎたし、長尺《ちょうじゃく》だからどうしてもムラが出ちゃって……結局オッケー出なくて、ちょっと勉強しろって言われたんですよ。国江田さん、おとといナレーションしたの覚えてます？　仏像修復のネタ」

「ああ、うん」

「あれが理想らしいんですけど、ライブラリーに借りに行ったら文化財班が使ってる最中で、もし、国江田さんがＤＶＤ持ってたら貸してもらえないかなと思って」

「あるよ」

計は答え、柔和《にゅうわ》な笑みで持ちかけた。

「何なら、うちに取りに来る？」

「え、いいんすか？」

「うん。収録押してるんだろう？　すこしでも早いほうがいい」

「やったー！」

落としどころなんて見えやしないが、このまま放置しておくわけにもいかない。ＤＶＤが単なる口実に過ぎなかったとしても竜起のほうから言い出してくれたのは好都合だった。

タクシーでは有無《うむ》を言わさず助手席に乗り込み、気が進まないお持ち帰りをした。自宅に他人を上げたのも潮のほかには初めてで、鍵を挿《さ》す指が罪悪感でかすかにこわばったが、いやいやと自分に言い聞かせる。別にやましいことするわけじゃねーし。何とか話をつけないと。

「お邪魔しまーす。……あっ、HUNTER×HUNTER揃ってる！　読んでいいすか？」

竜起は一切緊張していなかった。

「私物《しぶつ》に触れたらぶっ殺す」

「わ、ふたりきりになった途端これだよ」

「やかましい。……そこのソファに座ってろ。おとなしくしてろよ、呼吸も控《ひか》えろ」

「そんなに俺の息の根止めたいんすか」

「当たり前だ」

　ＡＶラックから目的のＤＶＤを探し出すと、プラスチックのケースごとフリスビーみたいに投げつけた。

「うおっ、あっぶね……あざーす。いつまでに返せばいいすか？」

「いらねーよ」

「まじすかラッキー」

「おい、もっと端っこ寄れ」

　竜起を座面の隅にぎゅうぎゅう追いやり、計は反対側に腰を下ろした。

「不自然でしょ」

「いいんだよ」

「ところで寝室ってあっちすか？」

「それを訊いてどうすんだ！」

「いやただの好奇心ですけど。都築《つづき》さんもここ来たことあるんすか？　ありますよね、なれそめとか訊いてもいいですか？」

「死ね！」

「俺、あの人好きですよ。男前だし、からっとしてて話してると気持ちいいですよね」

「はっ？」

まさか、本命はあっち？　計の顔に広がった焦《あせ》りを見て取り、竜起が吹き出す。

「そーゆー意味じゃないですよ。国江田さん、実はまともに恋愛したことないでしょ」

「ちゃらちゃら遊びまくってるやつに言われたくねーよ」

「都築さん、俺のこと何か言ってました？」

「何で」

「帰ってきたらどうこうって言ってたからどっか行ってるのかもしんないすけど、報告ぐらいしてるんでしょ？」

身体ごと計に向け、背もたれに肘《ひじ》をついて見つめてくる。視線は、ゆるめもしていないネクタイの喉元《のどもと》に絡《から》みつくような気がした。疲れた。早くこんな服脱いで、プライベートの自分になりたい。前髪を乱暴にかき上げ、潮が言った仮定をそのままぶつけてみる。

「お前が……俺のこと黙っててやるかわりにつき合えって言い出したらどうするつもりだって」

竜起はぱちっと大きくまばたいて計を指差す。そして「なるほど」と言った。

「ありですね、それ、いい」

「ねーよ!!」

ていうか、何でおんなじ反応してくんだか。絶対認めたくないが「賢いけどアホ」のベクトルに通じるものがあるのかもしれない。

「まーいやいやつき合ってもらっても意味ないですから」

ほらな、と胸を撫で下ろしたのも束《つか》の間《ま》。

「でも国江田さん、言うほど俺のこと嫌いじゃないですよね？」

「何でそんな自信満々なんだよ、世界中の人間が自分のこと好きだとでも思ってんのか？」

「そんな壮大な話はしてませんけど、まじで心底忌《い》み嫌《きら》われてたら分かる自信はあります」

それが自信満々だっていうんだよこのお調子者――機関銃のごとく悪態《あくたい》を打ち出しそうになったが、条件反射的に反発したところで事態は前に進まない。いまいましいが、竜起は計の性格を心得ているのだし。

計はぐっと反論を飲み込んでちゃんと竜起の顔と向き合ってみた。

「……誰が目ぇ閉じろっつった！」

そして誰が顔を近づけてこいと言った。

「え、完全にキスすると思ったのに」

「まぶた縫《ぬ》い綴《と》じるぞボケ」

それでも、ぞっと鳥肌が立つ、とかはなかった。計はため息をつき「そういうところが気に入らねんだよ」と言った。

「図々《ずうずう》しくて物怖《ものお》じしなくて、何でもご愛嬌《あいきょう》で許されて妙に要領いいとこ」

そして認めたくなかった本心を、とうとう告白した。

「……別に俺は、お前になりたいわけじゃない。でも、うらやましい部分は確かにある。だからずっと、お前を見てたらいらいらしてたんだと思う」

「わお、国江田さんに憧《あこが》れられてるとか、照れるー」

「勝手に言い換えてんじゃねえ」

「国江田さんこそ、誰からもうらやましがられてるでしょ。性格も外見もよくて仕事も順風《じゅんぷう》満帆《まんぱん》」

竜起は膝《ひざ》で距離を詰めてくる。

「……作りもんだよ。テレビのセットと同じだ」

「よく見られたいから作って、実際意図した通りになってんだからいいはずなのに、お気楽な俺がうらやましいっていうのは、やっぱ都築さんひとりだけじゃどっかで不安っていうか、満たされてない部分があるんじゃないすか?」

背中をひじ掛けに押しつけても、これ以上下がれない。

「それをお前が埋《う》めてやるって?」

「別に、本命と別れてまで選んでくれなんて言いませんから」

背もたれに引っ掛けていた手首を取られる。初めて会った時と同じぐらいの近さ。ときめきはしない、けれど嫌悪《けんお》もしていない。そしてあまりにあっけらかんとしているから、その申し出がまんざら悪くないと思ってしまいそうだ。この半端《はんぱ》な心的距離をどう考えるべきなのか。

「半分でいいですよ。ちょうど国江田さんも二重人格だし、住み分けっていうか、俺も略奪って気が引けますし。職場一緒なんだし、うまくアリバイ作ってやっていけるっしょ。都築さんともつき合う、俺ともつき合う、それでいいんじゃないですか。都築さん、怒りますかね？」

「とっくに怒ってる」

計の声は、意図せず掠《かす》れた。

「ガン切れして、もう帰らねえよって言われた」

勢いだけの発言だったろうか。潮は基本的に有言実行《ゆうげんじっこう》だし、日本にいなくたって仕事や生活に差《さ》し支《つか》えがあるわけでもなさそうだ。

「あ、じゃあちょうどいいですね」

「てめえ、ちょっとは悪いと思えよ」

「だから責任取りますって──キスしてもいい？」

「意味分かんね」

「分かってるでしょ」

ちゅうちょを一蹴《いっしゅう》した口調は、竜起にしては鋭い。

「しますね。国江田さん、進んで悪者になる度胸《どきょう》なさそうだし、俺のせいでいいですから」

手を強く握られ、竜起がすこしだけ汗ばんでいるのが分かった。こいつはこいつで、徹頭徹尾《てっとうてつび》図太いわけじゃないんだな、そう思うと危険なことに、かわいげなどを感じてしまった。憧れや称賛《しょうさん》とはまったく違う熱を向けてくる相手を、計は潮しか知らなかった。

「——……好きです、まじで」

俺は好きじゃない俺は好きじゃない俺は好きじゃない。思考を裏切って、心臓は先に鳴り出した。ゆっくりまぶたを下ろしたのは、接近してくる異物に対するとっさの防御反応だったのかどうか。


「……やっぱ無理!!」

両手を突っ張って竜起を押しやるのとほぼ同時に玄関の鍵が開く音がした。合鍵を渡している人間はもちろんひとりしかいない。扉が閉まるより先に荒っぽい足音が近づいてきて廊下とリビングを隔《へだ》てるドアがあっという間に開け放たれる。

「……国江田さーん」

呆然としている計に対して、竜起に冷静なものだった。

「ちゃんとチェーンかけといてくれないと」

「そしたらお前が籠城《ろうじょう》してたとは思えないけどな」

踏み込んできた潮も、落ち着き払って見えた。

「あー、そうすね、修羅場《しゅらば》とかはまじ勘弁」

何だこいつら、何でこんなに平然としてんの。心臓吐き出しそうにテンパってんのは俺だけですか。とにかく自分も発言しなければと妙な焦りに急《せ》かされて計は口を開いた。

「だって、帰らないっつってたし」

あ、しまった、これじゃ計画的に間男《まおとこ》連れ込んだみたいだよ、あなた出張だって言ってたじゃない！　だよ、あわあわする計を潮はぎっとにらんだ。

「おい、何だって？」

「こ、言葉のあや……？」

「言葉のプロが情けねえこと言うなよ」

そして計の腕を引っつかんでソファから床に引きずり下ろすと、両足を身体の両脇へとそれぞれ抱え込んだ。

「え、ちょ、何だよ……」

「お仕置き」

「ええ⁉」

この不穏な体勢は、そんなまさか、嘘だろう。でもお仕置きってお仕置きって。計は「やめろバカ！」と抵抗を試《こころ》みたががっちり下半身を確保されているのでままならない。

「お前、そんなこと言える権利あると思ってんのか」

「だって——やだ、人前でなんて絶対やだっ！」

潮は深々とため息をついた。そして「アホか」と計の両脚をねじりつつ腰をまたぎ、うつぶせになったところへ遠慮なく座り込んでぎっちり脚を固めた。

「いっ……てぇー!!」

つま先を頭のほうへ反《そ》らされ、背骨が悲鳴を上げる。

「バカバカ、やめろ野蛮人っ！」

「だからお仕置きだっつうの」

「わー、きれいに決まってますねー」

蟻《あり》の巣《す》でも観察するようにしゃがみ込んでいる竜起に「感心してんな！」と怒鳴った。何でお前じゃなくて俺がプロレス技かけられてんの？

「助けろ！」

「いやー、殴る蹴《け》るなら止めに入りますけど、逆エビってちょっとどうしたらいいのか……タオル投げます？」

「バカ！」

「お前もな」

「だから痛いって痛い痛い痛い」

ひとしきり計を喚《わめ》かせると溜飲《りゅういん》が下がったのか、潮は脚を解放して身体の上からはどかずに「で、何してた？」と尋ねる。重てーなバカ。

「もちろん、俺にも関係ある話なんだろ？」

「俺が口説《くど》いて、国江田さんも若干《じゃっかん》その気になりかけてました」

正直すぎるだろ。

「皆川《みながわ》、てめー……」

でかい重石《おもし》が載ったままだから動けない。肘で上体を支えて何とか顔を起こすと、潮が「お前は黙ってろ」とドスの利いた声で言った。

「で、その気になったらどうするつもりだったんだ？」

「んー、別に俺としては無理して別れてもらわなくていいです。都築さんと半分ずつ？　みたいな」

「半分ね……」

首を精いっぱいねじって背後を窺《うかが》ったが、潮の背中しか見えない。

「皆川くん、俺はさ、こういう状況になっても、やっぱりお前のこと嫌いじゃねーけど」

「あ、どーも」

「──けどふざけんなよ!!」

腹の底から轟《とどろ》いた怒鳴り声は窓ガラスまでびりびりふるわせそうだった。電話での潮なんか、これに比べたら全然怒っていなかった。

「半分って何だ、半分でいいって、何だよそれ、ふざけんな！　こいつがその気になったとして、そんな中途半端な気持ちのやつにやれるか！　本気で好きなら全部くれって言うだろ。お前は自分も、こいつも、人を好きになるって気持ちも、何から何まで軽《かろ》んじてるんじゃねーか。そんな覚悟で人のもん口説くな！」

それから「計」と振り向かないまま言った。

「お前が半分なら、俺も半分だぞ。もう半分預ける別の相手、俺は俺で探していいんだな？」

「いやだ」

計は迷わず答えた。

「絶対やだ」

フローリングに顔を伏せ、つめたく硬い木目《もくめ》に額《ひたい》をごりごりすりつけてかぶりを振った。潮がほかの誰かと、なんて考えたくもない。

「他人と分け合うなんて、気が狂う……」

身体の中心部にかかる重圧と、泣きそうなせいでひしゃげたつぶやきが洩《も》れる。自分は確か

にバカなのだ。ここまで突きつけられないと分からないのだから。

　こんなにも潮が好きなんだと。表の自分も裏の自分も潮だけのもので、ほかの誰かじゃ駄目だ。全部潮じゃなきゃいやだ。

「おう、俺だってそうだよ」

「うん……」

「よし」

　潮が計の膝裏《ひざうら》を軽く叩いた。

「そんなら、皆川に言うことがあるよな?」

「え……とっとと帰れよ?」

「違うだろ!」

　と再び脚を取られた。

「いった、いた、いたたたた!　だ、からそれ、やめろって!!」

「若干でも気を持たせたんならちゃんと『ごめんなさい』しろっつうの」

「やだ、謝るのは嫌いだっ!」

「お、ま、え、は~……」

「痛い痛い痛い痛い痛い!」

　両手で床を叩いて悶絶《もんぜつ》した。おかしい、ふたりから告白されるって、もっと甘美《かんび》な葛藤《かっとう》や衝突の展開があるはずなのに、真ん中で愛されポジションの自分が関節技かけられて涙目とはどういうことだ。

「いや、いいすよ、気にしないでください」

竜起が苦笑して取りなした。

「顔は勘弁してもらうとして、殴られる覚悟ぐらいはしてたんですけど……まいったなー、お似合いだな」

この状況で言われても嬉しかねえよ。

「もっぺん手ぇ出したら今度は殴るぞ」

「はい、もうしません、諦めます」

片手を挙げて神妙《しんみょう》なポーズで誓《ちか》いを立てる。

「じゃあ信じる。あとさ、」

「ていうかいい加減俺の上で会話すんなよ！」

計の文句を無視して潮は続けた。

「――こいつのこと、黙っててやってくんねーか……俺から見たってアホだけど、それでも、こういうやつで変えようがないし、変わらなくていいと思ってるから、俺は何があっても守ってやりたい。……頼むよ」

潮の真剣さをいとうように、竜起は「やだなー」と手にしたＤＶＤをかたかた鳴らした。

「国江田さんが二重人格だとか、俺ごときが吹聴《ふいちょう》したって本当に誰ひとり信じないですし。むしろ、世話になってる先輩を中傷するとは何ごとだって俺の立場がなくなるだけ。国江田さんが積み上げてきたものって、そんだけすごいんですよ」

「そっか」

「じゃっ、お邪魔しましたー。……いろんな意味で」

いらんこと言うな。

潮が竜起を玄関まで見送り、施錠《せじょう》して戻ってきても計は腹這いのまま起き上がれなかった。

「おいどーしたよ、そんなに痛かったか？　サロンパス貼ってやろうか」

黙ってかぶりを振ると、落ちた涙が床に浅くいびつな海を作った。目を腫《は》らしたりしたら仕事に差《さ》し支《つか》えるのにぽたぽたと止まらなかった。

知らなかった。怒られるより関節を極められるより、大切にされているのだと思い知らされるのが堪《こた》えるなんて。こんなに、潮の全部で計の全部を思ってくれていた。

「泣くなよ、ちょっとぐらいは説教してやろうと思ってたのに」

いつも通り、どころか常にない労《いた》わりで抱き起こされ、ほらほらと寝室に連れていかれる間もだらだら泣き続けていた。潮は計をベッドに座らせるなり部屋を出て行こうとするので、思わずコートの袖《そで》を摑む。

「台所から冷やすもん取ってくるだけだよ」

濡れた頬を拭《ぬぐ》って笑う。

「お前は、テレビ出なきゃいけないんだもんな」

ハンカチで包《くる》んだ保冷剤を両目に押し当てている間、ずっと頭を撫でられていた。ようやく落ち着いて、おそるおそる顔を上げると、とてもまともに見ていられないような優しい顔とかち合う。

「毎日、お前がテレビ出てんの見て、毎日すげえなって思う。あんなこと仕事にしてるなんてすげえよ。……でも、時々やんなる。今この瞬間、俺だけじゃない、皆《みんな》がお前を見てんだなっていうのがむかついてやってらんなくて、テレビ消す時もある」

「……嘘だろ」

「ほんとだよ。……養《やしな》うから、テレビ出んのやめてくれっつったらどうする」

「やだ」

即答した。

「大衆《たいしゅう》にちやほやされなくなったら、枯《か》れて死ぬ」

「俺がしてやるって」

「それもやだ」

「何で」

握った保冷剤が、手の熱でどんどんやわらかくなっていった。

「お前だけは俺をちやほやしなくていい。……お前にだけはちやほやされたくない」

「しょーがねーな」

潮は計の唇に軽く触れてささやいた。

「今度浮気したら、ジャーマンスープレックスの刑な」

「死ぬわ」

一応未遂だし。

「そーいやお前、『お仕置き』って言ったら何かとんでもねー妄想してたな。ちょっと引いたわ、このドスケベ」

「あのシチュエーションで逆エビ思いつくほうがおかしいだろ！」

「いやいや、公開プレイとかありえねーから」

今度はやわらかなスプリングへと計を誘導しながら、笑う。

「ほかのやつに見せてやるわけないだろ」

潮はゆるんだ保冷剤を床に放って、計の冷えた手のひらを自分の頬に押し当てた。

「飛行機乗ってる間、生きた心地しなかったぞ。作業が目途《めど》つくまで動けなかったし、一時間も遅れたし……ってこれはお前のせいじゃないけど」

「ごめん」

表情も声も、すこしも計を責めていないからこそ、その一言がすんなり口をついて出てきた。

「ごめん……」

「いい。分かってるから」

竜起には謝れと怒ったのに、自分にはいらないと言う。

協力して服を脱がせ合い、素肌と素肌が触れると、やわらかな電気が全身の表面を掃《は》いていく。

「あ――」

潮は計の身体をただ抱きしめて、しばらく動かないでいた。耳をくすぐる鼻先はまだ外気の名残《なごり》でつめたい。全部だ、と計は思った。これがひとつで、すべて。足りないと思う時は、自分が見失っているだけだ。ずっと傍《そば》にある。

「好き」

と初めて言った。

「……好きだよ。半分じゃなくて」

「ん」

潮は短く答えて動物がじゃれつくみたいに頭をすりつけた。

引っついた心臓の音は同じ加速度でどんどんテンポを上げ、こんなに満ち足りながら互いに欲情していることが嬉しい。密着したまま くちづけ、自分たち以外の何もかもを遮断《しゃだん》するように目を閉じて唇を塞《ふさ》ぎ合《あ》った。互いの舌と歯を交換するみたいに深く交わると恋しい気持ちが頭と身体の中でけむるほどに焚《た》きしめられていくのを感じる。

「あ……っ」

首すじや鎖骨《さこつ》に、キスの点線が引かれる。左の乳首を吸い上げられた時、心臓まできゅっと引き寄せられるような気がした。

「ん、んんっ」

舌でぐるりと、ちいさな円周を確かめられる。朱《あか》い種はぷく、としずくを浮かせるように膨《ふく》れた。張り切ったうすいうすい皮膚の下で煮える情欲を歯先にかじられてへそのあたりがじわりと熱くなる。

「んっ……ああ……」

下腹部へと辿《たど》られた時、性器はもう先走りでてらてら卑猥《ひわい》に光っていて、潮の息がかかるだけでしなりをわななかせた。

「あ、だめ！」

含まれた瞬間にもう、こらえられなかった。昂《たかぶ》りを貫《つらぬ》く管《くだ》がひと息に膨張《ぼうちょう》し、液体ではなく固形の、性欲そのものを密度の高い塊《かたまり》として打ち出したような鋭い快感に全身の神経が引《ひ》き絞《しぼ》られる。

「あっ！　ああ、あ……っ！」

四肢《しし》が脱力し、そのぶん性器のじんじんした余韻《よいん》をはっきり感じた。まだ足りない、と訴えている。潮が、ヘッドボードの引き出しにある潤滑剤《じゅんかつざい》に腕を伸ばすのを見ただけで、性器じゃないところまでがこの先の期待で疼《うず》いた。

「後ろ向いて」

「え？」

「我慢できねえけど我慢しなきゃだからさ」

潮は気《け》だるい欲情にしびれたままの身体をうつ伏せにし、膝を立てさせる。脚を開いてバランスを取ろうとするのを制してぴったり閉じさせると、左右の肉の合わせ目にローションを垂《た》らした。

「あぁ……」

最初はつめたさに、両脚の狭間《はざま》に潮の性器が滑《すべ》り込《こ》んできてからは興奮に鳥肌を立てた。

「脚、力入れてて」

「あ、あっ」

内腿《うちもも》のきわどいところを、膨張したものでこすられる。計は両手でシーツに縋《すが》り、下肢を突き上げてくる律動を必死に受け止めた。

「や、っあ、ああ……っ」

潮は擬似《ぎじ》の孔《あな》に突っ込みながらとろりとした液体に覆《おお》われた後ろに指を差し入れる。それはまっすぐ奥まで入ってきて、体内から計を愛撫した。

「あ！　あ、や、やだ」

ばちばち火花みたいな快感が弾《はじ》けるところを強く刺激されて、腰が勝手に逃げようとすると、片腕で引き寄せられてもう一本指を足された。

「――ああっ！」

「動くなって」

怖いほど硬い性器をこれ見よがしに打ちつけられれば、なめらかな皮膜《ひまく》が派手に濡れた音を立てた。

「や、だめ」

「こんなにひくひくしてんのに？」

「あ、や……っ！」

根元まで呑み込ませた指を小刻みに前後されると、潮の言葉通りにくわえたふちが喘《あえ》いでいるのが分かった。

「……誘いすぎだよ」

挿《い》れてえ、と潮は呻《うめ》いた。

「挿れたい、早く挿れたい、思いっきり出したい。お前、腹立つほどやらしいよ」

上ずった声と、押しつけられるものの速いリズムが欲望の激しさを伝える。こんなに身も蓋《ふた》もない言葉が、計の耳にはせつないほどの切実さで響いた。

「ああ……」

無造作に指を引き抜くと、両手で計の腰を掴み、どこにも行けないようにして繰り返し硬《こう》直《ちょく》を突き立てる。うすい肉を隔《へだ》てただけの粘膜《ねんまく》もその動きに合わせてうねり、振動で乳首がシーツにこすれるのすらたまらない。計の性器は、再び痛いほど興奮していた。

「あ、あっ」

「う……っ」

反り返った昂りの裏側に、潮の精液がかかったのが分かる。なめらかな皮膚を蹂躙《じゅうりん》していた熱がいなくなると、脚の間には肌寒さと寂しさが残った。

でもそれも、すぐに。

「あっ」

会陰《えいん》に、ぬめった先端が押しつけられた。ごく狭い範囲にぐりぐりとこすりつけながら、また潮が猛《たけ》っていくのが分かる。また後ろに指を挿れられて「やだ」と叫ぶように訴える。

「や、指、やだ」

様子見で与えられる快感はもうつらい。

「何だよ」

「セックスしたいセックスしたいセックスしたい」

「してるだろ」

「ちがう――……」

だって全部じゃない。身体は、こんなに全部潮が欲しいのに。せっかく冷やした目から、やりたすぎて涙が出てくる。

「アホ」

背中を撫でて潮がつぶやいた。

「まだ、浅いとこがきつい感じしたから我慢してんじゃねーか。……知らねえぞ」

脚開け、と言われて、計は喜んで従った。痛いのは怖くない、むしろ気持ちいいだけのほうが、戻ってこられなくなりそうで怖い。

「あ」

ぐい、と、やっと望んだところに望んだものがあてがわれる。

「ああ、あ――」

目を開けているのに、視界の下から真っ白に灼《や》けていく。みっちりと開かされた口は確かにすこし軋《きし》んだが、それも出っ張った丸みを受け容《うい》れるまでの話だ。

「あっ、あっ、あ、いく――」

「こら、あんま搾《しぼ》んな……っ」

孕《はら》んだ熱で内壁《ないへき》をとろかすように拡《ひろ》げて侵入してきた硬直が下腹部を裏側から撫で上げると、あぶくみたいな快感が続けざまに性器を立ち上《のぼ》り、ちいさな孔から空気に触れては弾けていっ

た。

「あぁ……っ！」

もうくたくたなのに、くたくただから、繋がったところだけは飽かず性感を貪《むさぼ》って呼吸する。

生々しい潮の血流をこれ以上ない近くに感じ、性器が打つ動悸は計の口の中からだって聞こえそうだった。

「あーもう、駄目だ俺」

ふ、ふ、と息を刻みながら潮が言う。

「これからお前が、どんな涼しい顔でテレビに出てても、平常心で見れねえよ」

「ばか、忘れろっ……」

こっちこそ涼しい顔でテレビに出るのが難しくなるじゃないか。放送事故起こしたらどうしてくれる。

「お前がバカ。無理に決まってんだろ」

こんなの、と容赦《ようしゃ》ない抽送《ちゅうそう》で性器はなかを穿《うが》つ。計は揺さぶられたら揺さぶられただけ、あられもない蠕動《ぜんどう》で潮を締めつけた。

「あ、っ、潮、潮、いい……！」

「計——前、自分で弄《いじ》って」

「んっ……」

言われるまま、精液にまみれた器官を扱《しご》く。根元より奥から引っきりなしにそそがれる愉悦《ゆえつ》のせいで、さっきよりたやすいぐらい素直に膨らんだ。

「ああ、や、やっ……ん！」

快楽は相互で、性器への刺激でますます後ろは敏感に潮をしゃぶった。いっそうきゅうっと口を狭《せば》め、ねっとりとやわらかく絡《から》む。すげえな、と潮の声にも恍惚《こうこつ》がにじむ。

「──おかしくなりそうだよ」

「あっ、あぁ、あ、きて、もう、だめ、だめ……っ」

本当にもう、SOSみたいな喘ぎだった。潮はそれに、激しい突き上げで応《こた》える。

「……好きだ──」

「……ああっ！」

目を開けても閉じても、ただ横溢《おういつ》する光だった。達した瞬間、下半身だけが重力から解放されたようにふっと浮遊し、その後、叩きつけるように濃い射精で繋ぎとめられた。


夕方の便でまたあっちに戻る、と潮は言った。着の身着のまま荷物を置いてきてしまったし、先方としてはどうしてもというわけじゃないが、やり残したままだと自分が気持ち悪いと。お前だって人のこと言えない、と計は思った。俺が食わせてやるからと言ったたって、仕事を手放すわけがない。極力興味なさげに「ふーん」と返した。

「飛行機、何時？」

「五時ぐらい」

「羽田？」

「成田」

頭の中で算段する。三時に空港に行って、潮を送り出してから局に戻ってもオンエアにはじゅうぶん間に合う。国江田計として積み上げてきた実績が「ちょっと体調が悪いので病院に寄ってから出社します」という遅刻の言い訳を許してくれるだろう。こちらの計画などつゆ知らずあくびをしている潮に、デートだぞデート、感謝しろ、と大いにアピールしたかったが、サプライズを優先して黙っておく。

潮を見送って、どこか、ひと気《け》のないトイレで変身完了して、荷物は――コインロッカーでいいか。どこが引き取りやすいかな。

めんどくせーな。面倒くさいのに、計はすこしもいやじゃない。気《け》だるい身体を叱咤《しった》して起き、潮と一緒に家を出ること。電車に乗って空港に行くこと。飛び去る飛行機を眺めてすこしぼんやりすること。特に心躍《おど》る要素はなさそうなのに、わくわくしていた。こういうのって、自分のため？　それとも相手のため？
いいか。両方、全部だ。

ギャラは半分じゃないです(あとがきに代えて) ―一穂ミチ―

ニュースのスタジオは十五階、しかしメイク室は二階なので、オンエアの三十分前にはいったん下りなければならない。

「あ、国江田《くにえだ》さんメイクっすか？　俺も行きます」

ちっ。なるべく隠密《おんみつ》に行動しようと思ったのに、エレベーターに竜起《たつき》が滑り込んできた。

「今、『閉』ボタン連打してましたよね」

「うるせえ黙れ」

「きょう、病院寄ってたんですっけ。風邪ですか？」

「うるせえ黙れ」

「都築《つづき》さんと話し合ったんですか」

「うるせえ黙れ」

竜起は三秒沈黙し、つぶやいた。

「……仲直りセックス」

「うるせえ死ね!!」

「うわーほんとに仲直りセックスだー！　すごく気持ちいいという噂の仲直りセックスだ

――！」

「てめえマジで殺す――」

残念ながらそれには時間がなさすぎる。エレベーターが二階に到着すると、計は竜起のネクタイを締め上げようとしていた手をさっと引っ込め、表情を整えた。

「あ、お疲れさまでーす」

「お疲れさまです」

扉の外にいたスタッフに温かくほほ笑みかけると「開」ボタンを押して竜起に「お先にどうぞ」と促《うなが》した。

「あ、どーもー」

負けじとにこやかに応じた竜起は、廊下が無人になったのを見計らって「人間不信になりそうなんですけど」とぼやいていたが無視してメイク室に入った。

「おはようございます、よろしくお願いします」

「おはようございます。あ、きょうはおふたり一緒なんですねー。じゃあ入《い》り時間早い国江田さんからさせてもらいまーす」

鏡台の前に座ると、メイク係は「あらっ」と鏡の中の計をまじまじ覗き込んだ。

「何かついてますか？　恥ずかしいな」

あんま見んなや、金払え。と照れたふりをしながら思っている。

「いえ……何だかきょうは、ものすごくお肌のコンディションがいいなって」

「え？」

ちょうど真裏の鏡台で竜起が吹き出すのが分かった。

「わーうらやましい。上から塗っちゃうのもったいないぐらい。何か特別なことされてます？」

言えるか。いいえ別に、とさりげない返事に試される演技力。

そんな人知れぬ努力を続ける「半分」で、今夜もテレビ出ます。

＊＊＊＊　＊＊＊＊　＊＊＊＊

イエスかノーか半分か、という謎の選択肢を、子どもの頃よく用いていたような気がします。半分って何だよ、という話ですが、大人になった今、白黒つけちゃうとどちらにも角《かど》が立つ局面も多く、「半分でお願いします」と言いたい時もあります。でも言われたら「はっきりしろ」って言う。

竹美家《たけみや》先生の描かれるふたりが「大人かわいい」って感じで、これはもうイエスを連呼《れんこ》です。口絵の潮《うしお》みたく、男の人の優しい、やわらかい表情を抽出《ちゅうしゅつ》するのが本当に巧《たく》みで、バリスタのテクニックにただただごちそうさまです！　また、恋心がだだ漏れな計の照れ顔とのマリアージュ……！

ありがとうございました。

一穂ミチ

この本を読んでのご意見、ご感想などをお寄せください。
一穂ミチ先生・竹美家らら先生へのはげましのおたよりもお待ちしております。

〒113-0024　東京都文京区西片2-19-18　新書館
[編集部へのご意見・ご感想] ディアプラス編集部「イエスかノーか半分か」係
[先生方へのおたより] ディアプラス編集部気付　○○先生

- 初出 -
イエスかノーか半分か：小説DEAR+ 2013年ナツ号(Vol.49)
両方フォーユー：書き下ろし

[イエスかノーかはんぶんか]
イエスかノーか半分か

著者：一穂ミチ《いちほ・みち》

初版発行：2014年11月25日

発行所：株式会社 新書館
[編集] 〒113-0024
東京都文京区西片2-19-18　電話(03) 3811-2631
[営業] 〒174-0043
東京都板橋区坂下1-22-14　電話(03) 5970-3840
[URL] http://www.shinshokan.co.jp/

印刷・製本：図書印刷株式会社

ISBN978-4-403-52364-9